超侠的科幻作品惊险、悬疑、幽默、有趣，充满了奇异的想象力和跃动的节奏感，为广大青少年读者开启了一扇"脑洞"的大门。

作家　刘慈欣

界格·观察者

超侠 —— 著

济南出版社

图书在版编目（CIP）数据

界格·观察者 / 超侠著. —— 济南：济南出版社，2024.1
（文学新势力. 第二辑）
ISBN 978-7-5488-6077-8

Ⅰ.①界… Ⅱ.①超… Ⅲ.①幻想小说—小说集—中国—当代 Ⅳ.①I247.7

中国国家版本馆CIP数据核字(2024)第032040号

界格·观察者
JIEGE GUANCHAZHE
超侠 著

出 版 人	谢金岭
责任编辑	宋 涛 姜天一
装帧设计	焦萍萍 刘梦诗
出版发行	济南出版社
地 址	山东省济南市二环南路1号（250002）
总 编 室	0531-86131715
印 刷	济南新先锋彩印有限公司
版 次	2024年1月第1版
印 次	2024年2月第1次印刷
开 本	145 mm×210 mm 32开
印 张	7.5
字 数	161千字
书 号	ISBN 978-7-5488-6077-8
定 价	36.80元

如有印装质量问题 请与出版社出版部联系调换
电话：0531-86131736

版权所有 盗版必究

学术筹划 | 中国作家协会鲁迅文学院
北京师范大学国际写作中心

编委会

顾　　问	莫　言　吉狄马加　吴义勤
文学导师	余　华　苏　童　欧阳江河　西　川
主　　编	邱华栋　张清华　徐　可
编　　委	王立军　周云磊　李东华　周长超
	刘　勇　张　柠　张　莉　沈庆利
	梁振华　张国龙　翟文铖　张晓琴

总 序

张清华　邱华栋

2012年10月，莫言荣膺诺贝尔文学奖，再度激发了国人的文学激情，也唤醒了高校在文学教育方面的旧梦，其中就包括北京师范大学。因为一段至关重要的学缘，莫言曾于1991年获得了北师大授予的文学硕士学位，而此刻，作为母校的师大自然倍感荣耀，遂立刻决定成立北京师范大学国际写作中心，并邀请莫言前来担任主任。中心成立之初，其核心职能——文学教育和创作人才的培养便被提上了议事日程。

需要稍加追溯前缘，才能说明这套文丛的来历。1988年，由当时在研究生院任职的童庆炳教授牵头，由北京师范大学提供学制条件，牵手中国作家协会直属的鲁迅文学院，共同招收了首届作家研究生班学员。那时的学位制度还相对处于比较早期的阶段，各种规章还没有现在这样严苛和完善，所以运作相对容易，招生考试环节也相对宽松。由此，一批在文坛已崭露头角的青年作家，便被不拘一格，悉数收罗。之前，他们中的很多人——除刘震云作为北京大学中文系77级的本科毕业生外——并未受过太正规的教育,他几乎是唯一一个出自正宗名门。余华只是在浙江海盐上过中学;莫言之前虽有两年解放军艺术学院文学系的学习经历,但更早先却是连中学教育未受完整;严歌苓、迟子建等差不多都只是受过中等专业教育。其他人我们未做过严格的统计,但可以肯定,其中大多数未曾上过大学。然而不容置疑的是,这些人是那时中国文学最具希望的一批,是青年作家中的翘楚,是未来文坛的半壁江山。从这里出发,二十年过后,他们的确未负众望,为中国文学争得了至高荣誉,也几乎成为一代作家的代言人。

很显然,这成为北师大和鲁迅文学院一个共同的记忆,一笔不可多得的财富,无论从哪个角度看,他们都是两所学校引以为豪的历史。在这样一个背景下,重拾昔日文学教育的前缘,找回这一无双的荣耀,也就是很自然的事情了。

因了以上的缘由,2016年,北师大校方经过认真研究,参考过去的合作模式,从全校不多的单招单考的硕士名额中拿出了20个,交由文学院和国际写作中心,来寻求与鲁迅文学院合作,并在中国作家协会的大力支持下,于2017年秋季正式招收了"非全日制"学术型文学创作硕士研究生。为了省却过于烦琐的学科规制,我们在"中国现当代文学"专业的二级学科下,设立了"文学创作方向",并采用了"学术导师"加"创作导师"联合授课的培养模式,以给学员创造更为合适和充分的学习条件。鲁迅文学院则为他们提供居住和学习的物质条件,以及日常的管理,并拟在培养方案中结合鲁院的讲座制培养模式,两相结合,尽显特色互补的优势。

同时还必须指出，有几位至关重要的人物支持了这项事业：时任北师大的校领导，特别是董奇校长，对推助写作中心的文学教育工作给予了大力支持，在制定相关体制机制方面也给予了诸多指导。晚年在病中的童庆炳教授，多次勉励我们，要传承好过去的经验，大胆探索，争取把工作尽早落到实处。中国作家协会，作协党组，特别是铁凝主席，也给予了热诚关怀，时任书记处书记、分管鲁迅文学院工作的吉狄马加同志，则在工作中给予了非常具体的关心和指导。

参与该项工作，制定合作规划、培养方案、课程体系，以及日常服务管理等诸项事务的，便是本文的两位作者：时任鲁迅文学院常务副院长的邱华栋和北师大文学院负责研究生教育的副院长兼国际写作中心执行主任张清华。整个过程中，要想实现两个职能完全不同的单位之间的密切合作，在所有培养工作的环节上都无缝对接，是一个至为琐细的工作，难以尽述。好在这不是一个"工作汇报"，我们在此也就从略了。主要想说明的是，两校之间目前的合作进行得非常顺利，一切都在愿景之中。

迄今为止，该方向的研究生已经招收了三届，共56人。从总体情况看，达到了预期的要求。在学员中，有鲁迅文学奖获得者乔叶、鲁敏，有多位全国少数民族文学奖获得者，有"70后""80后"广有影响的青年作家，像东紫、杨遥、朱山坡、林森、马笑泉、高满航、闫文盛、曹谁、曾剑、王小王，等等，他们在文学创作上都已经有了相当出众的成绩，或是十分丰富的经验，然而他们共同的诉求，又都是对"充电"的渴望，有成为大家的梦想，所以因了冥冥中某种命运的感召，汇聚到了一起。

关于文学教育，历来也是分歧明显众说不一的。有人坚称"大学不培养作家"，这话在一定程度上是对的。大学的使命很多，成败的确不在乎是否出产了一两个作家。但这话的"潜台词"值得商榷——其意思是有偏见的或轻蔑的，是说"你培养不了作家"，"作家不是谁都能培养出来的"。这当然也对，没有哪个大学敢说自己"培养"了几个作家，而只能说，他们那儿"走出了"哪些作家和诗人。但这么说是否意味着文学教育的无必要呢？似乎也不能。因为按照上述逻辑，我们也可以反问，大学不能培养作家，难道就可以"培养"经济学家、政治家、科学家和法学家吗？谁又敢说他们"培养"了那些伟大和杰出的人物呢？

很显然，各行各业的杰出人才，都是很难通过"订制"来培养的。但从另一方面说，大学又必须为人才提供成长和受教育的条件，从这个角度看，宣称大学"不培养作家"又是不负责任的。回顾当代文学的历史，文学的变革和作家的成长，与大学教育的恢复和发展密切相关。"文革"及"文革"前大学教育的草创和荒芜时期，也出现过许多作家，但他们要么是从战争年代的洗礼中锻炼出来的，要么是在长期的自学中成长起来的。因为没有条件受到良好的教育，他们的文学道路多舛，艺术成长和成就也都受到了限制，这是人所共知的常识。正是"文革"后教育的全面恢复与发展，才使得文学事业出现了人才辈出蓬勃兴旺的局面。

所以，正确的理解应该是，作家是无法培养的，但文学教育是必需的。当然，文学教育对于高校而言，其目标确乎主要不是"培养作家"，而是为所有学生提供一个素质养成的环境条件，这才是成立国际写作中心、引进著名作家执教的核心意义所在。换句话说，能不能出产一两个作家或许不是最重要的，其培养的人才是否具备写作的能力，能否成为文学的内行才是重要的。传统的文学教育虽然有各种各样的问题，但是所培养的读书人大都是既能够研究，又可以写作的双料人才。新文学的早期，大学的文学教授也多是学者和作家两种身份集于一身的，之后才逐渐文脉不彰，大师不存，大学教育渐趋沦为了工具化和技术化的知识教育。

但无论如何，北师大与鲁院联办班的这一培养模式，其目标还是直接而干脆的，就是"培养作家"。当然，这培养不是从"育种"开始的，而是"选苗"和"移栽"的过程，甚至有的就属于"摘果子"。即便是后者也不是无意义的，当年莫言、余华、刘震云、迟子建等人，早在进来之前就是声名鹊起的青年作家了，录取他们无疑也是"摘果子"，但系统的阅读与学习，大学综合环境下的熏陶成长，谁敢说对于他们后来的写作没有助益？所以，我们坚信这一工作是有意义的。

最后再来说说这批作为"文学新势力"的新人。显然，他们大多属于"80后"至"90后"的一代，较之他们的前辈，这批新人的主要差异在于代际经验的不同。前代作家的成长期大都经历过历史的大波大澜，童年也大都有原初和完整的乡村生活经验，所以某种程度上还是受到"总体性经验"支配和支持的一代作家。莫言笔下的"高密东北乡"，可以说寄寓了他对于农业社会生存的全部感受和想象，也寄寓了他对于现当代中国历史巨变的全部记忆与理解，读之如读一部血火相生、正邪相伴、生死轮替、魔道互换的史诗。这种具有总体性和原生性的经验与美学，在下一代作家这里早已变得不可能，他们都命定地处在某种"晚生"和"后辈"的自我想象之中，不得不在碎片化、个体化的历史经验与记忆中探索前行。

这些都并非新鲜的话题，只是重复了前人既成的说法。但这也是所谓"新势力"的根基与合法条件，"新"在哪里，又何以成为"势力"，这是需要我们想清楚的。在我们看来，所谓"新势力"其实就是指：一是有新的文化特质的，他们在文化上所拥有的"新人"特色或许很难用一两句话说清，但一定是更具有个性、自主性和独立思考的一代，是拥有新知和新的经验方式的一代，是用新的思维与视角看待人生与世界的一代，是在网络信息时代生存和写作的一代；二是有新的美学属性的，这些属性自然更难以总体性的概括来描述，但毫无疑问他们是具有陌生感的一族，是难以用传统范型所涵盖和统摄的一族，是游走和不确定的一族，是空间化和个体性得以充分彰显的一族，当然，也是相对琐屑和相对真实，相对平和和相对日常性的一族。有时我们觉得是这样满足，但有时我们又会觉得，他们离着理想的文学，离所谓普世的"世界文学"的距离越来越近了。

旁观者说一千句，不及读者自己去观照、去体味其中的丰富和微妙。"总体性"之不存，我们的概括也自然显得苍白无力，不如读者们自己去一一打量和细细辨识。

看，这就是"文学新势力"，他们来了。

"文学新势力"第二辑
出版说明

"文学新势力"第一辑于2020年初出版之后,引发了各界非常强烈的反响,也激发了文学创作专业的学子们更加高涨的创作热情。不只非全日制的"鲁院班"——北师大与鲁迅文学院合作招收的文学创作研究生班的同学,连全日制和其他专业的学生也纷纷发来他们的作品,希望能够加入这套文丛的后续出版。基于此,我们在当年,也就是2020年的下半年,又遴选了近二十部作品,经过专家与编辑的几轮精选,最终确定了第二辑的这十二部作品。但因为疫情等因素的影响,该辑的出版工作也一再延宕。现在终于面世,标志着我们的文学教育又有了新成果。

需要说明的是,本辑作品的构成,在文类上实现了多样性的变化。第一辑完全由中短篇小说集构成,而这一辑中,则有了超侠的科幻小说集、舒辉波的儿童文学作品集,有了闫文盛、向迅、曹谁等人的散文随笔集,同时也不再仅限于"鲁院班"学员,增加了毕业于全日制文学创作班的新锐青年作家,如目前工作于鲁迅文学院的崔君的小说集。从文类上说,该辑作品除了诗歌缺位以外，确乎显得丰富了许多。

另外，还须在此特别说明的是，截至该文丛出版之时，北师大与鲁迅文学院合作招收研究生的工作又延展了四年，至2023年，已招收了七届学员。负责鲁迅文学院工作的领导，也调整为吴义勤书记和徐可常务副院长；北师大文学院的领导以及研究生培养工作的负责人也发生了变更，所以本辑的编委会也做了相应的调整。

特别鸣谢中国作家协会张宏森书记，以及李敬泽、吴义勤副主席等领导的大力支持，也感谢北师大校领导以及文学院的大力支持；特别鸣谢济南出版社领导的鼎力托举。各方力量的凝结汇聚，才共同促成了此番盛举，为新一代青年学子和青年作家的成长营造了更好的环境。

2023 年 12 月

自　序

世界处于科幻之中

超　侠

　　《界格·观察者》是我近年来零零散散发表在一些报刊上的科幻小说的合集，这些报刊的种类也不大一样，有纯文学杂志《中国作家》《青年作家》《作品》《湖南文学》等，也有中央军委机关报纸《解放军报》，海洋类报纸《中国海洋报》，还有科幻杂志《科幻立方》，儿童文学杂志《儿童文学》，等等。由此可见，现在各种报刊都开始关注科幻文学，也给科幻创作者打开了一个窗口，让那些科学与未来的想象力，在这里通过文字展现它们美丽的羽翼。当然，这从另一个方面也说明了科幻巨大的包容性和适应性。科幻作品除了发表于科幻类报刊外，还可以发表在纯文学类报刊上，也能适应于不同类型的专业报刊，更能以儿童科幻的方式发表在纯儿童类报刊上。

　　科幻，是科学与幻想的结合。而我一直认为，我们这个世界，本身就是科幻的。因为，我们所有的一切，我们所知的一切，我们所思所想所感的一切的一切，无一不是包含在科与幻之中。我们的生活中，处处都是科学技术，用的手机、电脑、智能穿戴设备，坐的汽车、飞机、航天器，穿的衣服、裤子、鞋袜，吃的美食、喝的饮料，哪一件不和科学技术有关？科学技术就在我们身边，应用到了我们生活的方方面面。而幻想同样从四面八方围绕着我们。所有的艺术，都包含着幻想，包含着想象力，我们看的电影、电视节目、绘画，我们阅读的书籍、报刊、网文，我们玩的电子游戏、剧本杀，哪一种不是充满了幻想美学？所有伟大的艺术品里都充满了伟大的想象力，想象力是人类精神生活的必需品。

由此可见，我们的身心，我们的物质与精神，我们的生活与娱乐，早就存在于一个由科学幻想包围的世界中了。

科学达不到的地方，科幻已率先达到。

幻想中的地方，也只有科学能帮我们实现。

科与幻无处不在，而科幻正是将它提纯，将它拔高，将它升华的最佳方式。

在我创作的这些故事里，无一不是将生活、情感和感悟，借助科幻这样的放大器，在科学逻辑有可能的基础上进行大胆极致、脑洞大开的创想，来完成一种震撼大脑、震颤心灵、震慑思想的表达，以求寻找到某种哲学上的思考，完成宇宙中可能的"道"。

这里面的故事，从情节，到风格，到语言，因创作时间跨度久，都有较大的差异化。我在创作的道路上正缓步前行，每个阶段，都力求创新，力求突破，语言风格也在探索、打磨，特别是对结构、情节、思想和感情的描摹，以及写作技巧，都会在某个阶段产生属于某个阶段的新思考。也许求新求变、翻山越岭后会发现平平淡淡才是真，但若不去翻那座山，你又如何能知其中的变化和规律？

我把科幻的核心创意和想象力放在了第一位，这是科幻最重要、最硬核的审美体现，只有这样，才能表现出科幻最大的魅力——前沿科技与创意创新。而文学性与思想性将融合其中，故事也得是最贴切的表现。

最终想实现的效果便是科学创意与文学表达、思想深度与故事情节形成一个有机和谐的统一，相互促进，搭建出经典。这也是那些伟大的科幻作品——小说也好，电影也好——成功的奥秘。

我认为科幻小说最佳的效果，是它既能给科学家新的启迪，也能给哲学家新的思索，还能给文学家展示出新的文学方向，更要是一部雅俗共赏、震撼世人，在遥远的未来也不会过时的好作品。它描摹的美好世界和科学方法将会被成为科学家的读者们实现，它写出的灾难和危机，将会用书中的方法得到解决。

创造美好的未来，避免和预警可能出现的危机，这是科幻与其他种类的文艺作品最大的不同，也是它对人类最大的意义。

这些，是我在鲁院和北师大读作家研究生时的最大感悟。学习期间和老师、同学的交流，让我的文学水准大幅度提升。从此，我从科幻故事的创作中，触摸到了文学的那条金线。科幻与文学是一个神秘莫测又伟大感人的交集，在无处不在的科幻里，在无处不在的文学里，它们将碰撞出新的火花。

用文学文字写就的科幻想象力与思想实验，将改变人类的科学与艺术，这是人类战胜种种不可能并存在于宇宙的奥义。

是为序。

2023 年 8 月 10 日

于中关村科幻产业创新中心

目 录

厦　人　1

观察者　25

十秒亡魂战场　47

战士石　62

葫芦里的人　71

巨人的城市　89

利维坦之殇　123

界　格　138

开封悬斧　165

织洞精骛　185

时间晶体　209

厦　人

　　大厦矗立在天

　　每个人进去都不再有脸

　　上下班的烦恼

　　就在于浪费时间

　　选择隐在幽暗藏在窄边

　　拉动开关

　　断了蓝蛇般的电

　　没有人发现

　　在楼内深潜

　　不需要租房

　　不需要路上奔忙

　　可以是老鼠、蝙蝠和蟑螂

　　更有了自由的空间和时间

　　节省了一座山高那么多的钱

　　习惯这样隐身之后

　　成了幽灵

　　成了大厦的墙面

　　　　　　　　　　——题记

一、租房

那一年春天,在满街的柳絮飘舞中,我来到了这幢大厦。

柳花如雪,却不冷,是温暖的,又是烦乱的,迷人眼睛,钻人鼻孔,贴人脸面,死活黏着不放。

到了新大厦门口,我满头满脸,都蒙了一层白霜般的柳絮。我摘下一朵一朵的白絮棉,捏在手心,竟成拳头大小的一团。

上了楼,向公司新的老总报到。

老总亲切地问:"来了这新大厦,有什么感受?"

我抱怨道:"总体来说,没有原来的好了,光溜溜的,只有一间办公室,每人就一个狭小的工位,没有宿舍,没有运动室,没有洗浴室,没有食堂,实在是太糟糕了……"

老总慢悠悠地说:"是啊,你体会到了,这里就是这样的。你刚来,还不习惯,我刚来时也受不了。慢慢地,你会习惯起来的。不管怎样,来了这边,收入增加,自由度增加,何乐而不为呢?既来之,则安之,好自为之吧!"

我点点头:"也只能这样了。"

在我骑着摩托车回老厦拿东西时,心里充满了失望和挫败感,老厦的管理员成天打电话催我赶快把私人物品带走,好腾出地方来。我背着东西,像一个被母亲抛弃的小孩,怨恨地看着它,依依不舍地往前开。

今天真是倒霉透顶了!

由于心不在焉,我骑着摩托车撞了一辆豪车,里面跳出一个肥胖又打扮得花枝招展的女人,喋喋不休,破口大骂,引得众人一路围观。她大概从未被这么多人关注过,有了做明星的感觉,便变本加厉,唾液横飞,手舞足蹈。

砰!我一个拳头打在她脸上,打掉了她满口的牙齿,打扁了她的鼻子。

真想这么做!

可现实中,我却只能满脸堆笑赔礼道歉,并把兜里的钱都给了她,她这才作罢。我不得不这样做,为了不引起交警注意,不把我没有牌照的摩托车拖走,不再去局里浪费一天的时间,不再接受烦琐复杂的思想改造。

为了生活,继续低头弯腰。

来到新厦,疲惫得全无力气,只想瘫倒。接下来还得到处去找地方住,去挤飞铁,去挤巨虫车,去挤高空吊轮。想到这些,我的心里就高兴不起来。

微薄的薪水,低廉的福利待遇,如今吃住都不提供了,还要花去一半租房吃饭,以后,这日子更是没法过了。

第一天,天色已晚,没有办法,我便铺条毯子,在工位的地上睡了。我几乎只是个用计算机的农民工,甚至比真正在工地干活的人都不如,至少有人为他们提供住处,还有热乎乎的三菜一汤。

第二天一早上班,同事发现我躺在地下,吓了一跳,以为我敬业过度,死在了单位。醒来后,我被大伙数落了一顿,心想,再不能在这睡了。

老总也语重心长地说:"别在办公室过夜,这里晚上不安全,千万小心;还有,公司有规定,不能在大楼里过夜,快去租个房子吧,近处贵,远处便宜些。"

当天下午,我就搜了好多附近的租房广告,然后一家家去看。我的预算是两千以内,这已是我一半的月工资了。在这个第一城内,这样的价格,很难找到什么像样的房子。我们的大厦,在第一城重要的中心位置,周边的房价高得惊人,租金同样很离谱,我的预算根本不够。好不容易找到一处很垃圾的老居民楼上一个比厕所大不了多少的地方,中介非要三千,我问两千行不行,中介鄙夷地叫我滚。

地上不行,难道我非得转向地下吗?

不观察不知道,周边各个小区大楼的地下室内,都密密麻麻地住着人。

白天,他们从地下爬出,分散到我们周边,有的化为快递员,有的化为煎饼果子老板,有的化为修车工,有的化为清洁工,有的化为发廊妹……

晚上,他们爬回地下室,对面相见不相识,谁也不认识谁,谁都羞于见谁,谁也不想见谁。

像一群蚁,像一群鼠,也像一群穿山甲。

我跟着趿着拖鞋、头上卷着五颜六色发卷的包租婆走下去时,她一再强调:"小伙子,这不是地下室,这是半地下室,有窗户的,可以看到外面的世界。"

我碎碎念着:"半地下室不也是地下室吗?被亲人和朋友听到,在第一城那么伟大的城市,他们骄傲的孩子或同学好友,竟可怜巴巴地住地下室,岂不笑掉大牙。"

包租婆说:"我们这里空气好,阳光足,冬暖夏凉,环境很好的,一定让你放心,舒心,顺心……"一通溢美之词,把这变成了五星级酒店。

我跟着她慢慢往地下室走去,每走一层,必有幽暗灯光亮起,后面则顿时陷入黑暗。我都不敢往回看,更觉前方窸窸窣窣,有一米长的什么东西跑过。包租婆说是猫,可为什么我感觉那像老鼠?猫怎么可能有那么尖的嘴脸?一米长的老鼠?我的后背发凉,有一种惊心动魄的感觉。

我数了数,共有五次灯光亮起。天啊,五层楼啊,地下五层?这是半地下吗?

走到底,一条阴暗湿冷的通道,散发着千奇百怪、诡异恶心的味道:炒菜的香味、厕所的臭味、洗衣粉的刺鼻味、香烟缭绕之味……一场鼻端上的大杂烩。突然有穿着暴露的女人或者蓬头垢面的男人悄然出没,又猝然消失,吓得我惊愕不已。道上挂着琳琅满目的胸罩内裤,廉价服装,正慢慢蒸发水汽晾干。不知谁的内衣掉在墙角,腐烂成团。道旁有一扇扇的门,有人在门口烹煮,浓烈刺激的味道扑鼻;有人在用电磁炉煎炸,油烟滚滚,在走道上弥漫;有人在门口洗衣服……咳嗽声、争吵声、电视声,夹杂着锅碗瓢盆声。通道中间,厕所只有两个,两队人正在等候。洗澡间则敞着门,五块钱能用十分钟。

这些都不算什么,最离谱的是,当我看到自己的屋子时,差点就崩溃掉了。说好的窗户呢?说好的外面的天空呢?为什么会有粗大的地下管道,从床上方一米处通过?

"要有窗户的?得多加五百哦!"包租婆说着,一按手中遥控器,床边黑乎乎的墙面就亮了,一小块窗户露出来了,出现了外面的世界，让人感觉是住在二十层楼。当我惊喜地去触摸它时，景物又变成了雪花点。

"假的？"我反应过来。

"感觉真不就行了吗？"包租婆满不在乎地说，"你又如何确定看到的外面的世界是真是假？"

我想反驳，却无从驳起，为何感到她说的这些很有哲理？

"喏，这是真的天空！"包租婆又一按手里奇怪的遥控器，墙上掉下了一块泥巴，哦，不是泥巴，是一个潜望镜。对着里面一瞧，果真是能看到外面一小块天空。"喏，要开启这项服务，多收六百就行了。"

我简直是逃一般爬出了地下群租房，筋疲力尽，如一条蜕皮的虫子。哪怕包租婆热情洋溢地介绍说，这地方位置好，离你们公司走两步就到，租金又少云云，我也坚决不敢要。

不管怎样，我也算是个小白领，哪忍受得了这种地方！最后，我去了很远的郊外，在那租了个小屋子，总算暂时安顿下来了。

可是，更大的痛苦也随之而来了。

每天，我都要很早起床，去赶飞铁，它在天空中龙一般飞舞，于云雾外钻腾，不堵车，不限行，安全方便快捷。饶是这样，每天上班路上也得花费一个多小时，还得早早起来，和无数的人争抢第一班的座位。每天它载着我们路过大厦时，乘客可乘滑梯而下，到达大厦顶楼。

高强高压的工作，每天不到五点就得起床，紧张得如同在打仗，我感到很累很烦。况且，此时我们来了个大项目，加班加点是常事。每天，我都是赶最后一班飞铁回去，第二天又赶头一班飞铁而来，奔波来去，匆匆忙忙，我累得像条狗，严重缺乏睡眠，整日昏昏沉沉，都跟不上工作节奏，设计的图纸也是一塌糊涂。还有几次，因早上晚起了几分钟，没赶上头班飞铁，不得不迟到了。老总几次找我谈话，我的奖金也因为工作的混乱一扣再扣。工作和生活像一双钳子，将我死死拧进崩溃边缘。

有一天，我实在太累了，错过了末班飞铁，只能返回实验室去。保安问我干什么，我说要加班，保安便开了电梯门，让我进去。

回到工位上，我几乎瘫倒了下去，闭上眼睛，呼呼大睡。过了良久，外面传来重重的敲门声，并伴随着浓重粗豪的嗓音："有人吗？"

是保安，来巡查的，为了保证大厦的安全，晚上绝不允许有人在此过夜。所以，我绝不能开灯，也不能发出一点声音。

我的心怦怦直跳，过了好一会儿，保安的脚步声离去了，我才从大气也不敢出的状态中恢复正常。我大口地呼吸着刚才欠缺的氧气，突然悲从中来，这一切是为了什么？不远万里，从家乡赶到这大城市来，就是来受这苦罪的吗？我要努力，要奋斗，要凭双手，闯出一片天。

公司是进行军工产品设计的，人力外骨骼钢甲、自动瞄准镜、超级战士针……各种神奇的超级战争武器，我们都研究出来了，可是还是跟不上战争的节奏，只能不间断地、绞尽脑汁地更新版本，升级换代。一个月内，护甲就换了四代，自动瞄准镜变成了飞行版，超级战士针优化后减少了许多副作用。我们如此加

7

班加点地拼命干，却还是难以满足军方的要求。老总变本加厉地催促逼压我们，不断地招新人，又不断地裁员。我们战战兢兢，如寒风中的老叶，生怕哪天就被刮断，在凄风中飘零。

我虽然是老员工了，但如果再迟到，再设计出错误的图纸，那一定也免不了被裁的命运。

但我不能违反公司和大楼的规定，在这过夜。

二、睡觉

没有办法了，我狠下决心，心生一计。我看着手机，调好了时间，明天六点起床；之后，我在办公桌前搭好椅子，迅速入睡。如此算来我便有了充足的睡眠时间，还免去了明天挤飞铁的奔波，节省了大量在路上的时间。真是一举三得啊！想到每天挤飞铁，犹如打架斗殴，争抢位置，每次都大汗淋漓，就极为恐惧和厌恶，今天总算解脱了。

我慢慢入睡，梦中似乎看到淡蓝色的影子，似乎听到有人说话，但我并未理会，睡得死沉死沉。

清晨一声清脆的铃音将我叫醒，睁眼一看，六点钟了，赶快爬起。把椅子复原，到洗手间洗了把脸，清除了体内的废弃物质，从容地下楼，买了份丰富的早餐，美美享用了一顿，再回到办公桌前，开始了今天的工作。

半个小时以后，才有同事陆续到来，见我来得这么早，惊讶地问这问那，我随口回答，应付自如。整个早上，在公司研讨新战争武器的设置时，别的同事都晕头转向，答非所问，我却不知为何，才思泉涌，对答如流，灵感源源不断，连说了好几种不同的方案。老总都听得一愣一愣的,我觉出他其实是想赞美,但为了某种权威,而不得不忍住。

骨子里的激动是难以遏制的。开完会,老总把我叫过去,着实夸奖了一番,说:"我果然没有看错你,还是我们的老员工最有头脑,希望你把灵魂收集器设计出来,我给你配三个助手,你自己挑人,军方要求月底必须成功,所以,我们的时间不多了。好好干,年底薪水翻一番!"

我也强压激动之情,再三保证完成任务,感觉遇到了个好老板。实际上,天下老板都一样。

当天,我下班回家换了衣服,翌日上班,又得早起,又得挤飞铁,真是苦不堪言,顿时对上班毫无兴趣,极为厌恶,又是懵懵懂懂地过了一天。状态不行,老总、同事都看出来了,又对我进行了一番思想教育。

下班时,我做了一个大胆的决定,主动进行加班,最晚一个离开。其实我是在那玩了一局游戏,差不多时间,我叫了份外卖,看着一部电影吃了。十点钟后,我将办公室的灯一关,戴上耳机,继续玩游戏,悄无声息,没有人知道我在楼里。

但是我要去楼道洗手间洗漱和上厕所,这样必然要通过楼道,那里有摄像头,被发现的话,肯定要被"请"出去的。我要如何神不知鬼不觉地出去呢?如何能让摄像头暂时失效?

这难不倒我,毕竟我们是做军工产品的。我立即在实验室内,改装一台电子干扰射线枪,将其改成了摄像头干扰器,我对着楼道一按,摄像头拍到的画面必定闪烁成雪花点,什么都看不见。趁此机会,我以闪电般的速度冲了过去,顺利进入了洗手间，洗漱一番，清理内存，完毕之后，再次返回，美美地睡到了早上。

闹钟一响，我立即惊醒，打开窗户，通了风，再关上门，悄然出去；先躲在楼梯道上，等差不多有人来开了门，我再假装上班，施施然进去。又来了几个人，我下楼吃了份早餐，喝着咖啡，上楼来工作了。这一天神清气爽，精神十足，又有很多灵感。

中午下楼吃饭时，我看到监控室的门开着，有保安在那回放监控，有维修工正在修理。我看到屏幕上的雪花点，心中了然，看来我的干扰器做得很成功，但保安也过于敬业。于是下午开会时，针对战场情况，我建议我们发明出隐形战衣，可以像变色龙一样变色，融入周围环境，也能即时映射身体前后场景内容，肉眼看来，仿如透明。老总高兴地握着我的手，又要给我配备助手，我说足矣，只要给我实验材料就好。

这天晚上，我又没回去，偷偷工作了几个小时，隐形战衣还没完成，只能借助干扰器通过楼道。不过，这干扰器不能老是在我们这层使用，别的层也得用，以免保安老来查这层楼，于是我从后面的人行楼梯跑到别的楼层进行干扰。

翌日一早，我又精神抖擞、生龙活虎地开工了。中午下楼吃饭时，又见有维修工来监控室修理。我想这样下去也不是办法，只能再坚持几天，加紧研制隐形产品。晚上，我屡次听到外面有脚步细碎之声，还有手电筒的光扫过，我知道一定是保安看到显示屏有异象前来巡查了，幸好没发现我。

过了三天，我居然听到同事在议论大厦闹鬼事件，说那个保安经常看到摄像头监视器上有闪烁,并见到影子一晃而过,上来检查了几次之后,发现什么都没有,而监控系统并无问题,这可真是吓死他了。后来他时常精神恍惚,自言自语,再后来,他辞职了。

大厦换了一个新保安,此人胆量过人,不怕任何鬼怪,时常神出鬼没地跑上来巡查。我每天下班后都将自己的鞋子换成平底布鞋,走起路来悄无声息,犹如狸猫,以求他永远查不着。

此时隐形战衣也研制出来了,送到战场上很受欢迎,我也多做了几份样品,供自己使用。

闹鬼事件逐渐平息,摄像头干扰器我也很少使用了。有了隐形战衣,一切更加方便、自如。我那边房子也不租了,省下好大一部分钱,可以补贴家里。我把该扔的东西全扔掉,随身只带一点衣服和生活用品,再带着超韧折叠床,平时锁进柜子里,晚上拿出来一铺,就成了一张床,可以美美地睡上一觉。洗衣服什么的,我都在夜间行动。我像一只老鼠,每天九点睡,凌晨三四点就起,然后洗干净衣物,用快速烘干机烘干,放回柜子里。早上有人来了,我假装从外面进来,无人知晓我在公司过夜和生活了。

现在我有了大把的时间,能够有空多看看书,玩玩游戏,看看电影,还在附近办了健身卡,时常去游泳、健身,也有了余钱和精力,去和朋友们吃饭、聚会;甚至和某个女孩谈起了恋爱,再也不怕晚归。因为无论多晚,我都不用急着赶巨虫车或飞铁,我只要很短的路程,回到大厦就行。难点在于,要如何避开摄像头,避开新保安鹰一样的目光。我通常是披上变色隐身衣,偷偷趁新保安不注意时刷卡进入，或者直接从刷卡机上爬过去。

这段日子，我的业绩突飞猛进，精神、气质、身体状况都有了非同一般的变化，比以前更自信、更潇洒，工作和生活以及爱情都大丰收。我热爱上班，热爱身边的人和事，关心别人，尊老爱幼。朋友们都说我变了，不再像以前病恹恹的，一副厌世抱怨的嘴脸，而是积极、乐观、活力四射的状态了。我喜欢这样的变化，我知道是大厦给我带来了这一切，每天我必须得像婴儿般蜷缩在它的体内，才能带来第二天的体力和精力，才能节省出大量的时间去思考和研究。

我比别人多了更多的时间，比别人更有效地完成任务，比别人节省了更多的金钱。老总表扬了我，提拔了我，用奖金砸我；同事们羡慕嫉妒，甚至恨我，用目光射我。我有了无比大的成就感，和繁花盛开般的快感。

但也有一些困扰，女友总找借口，想和我住在一起，我坚决不同意，这导致她更加黏我，也开始怀疑我。我永远三缄其口，神秘莫测，一副爱谁谁的样子。她对我又爱又恨，但甭想知道我最大的秘密。

时间长了，大厦又传来闹鬼事件，又有一个保安被吓跑了。据说他经常看到门卡自动一刷，闸机突然开了一下，却不见有人通过，而电梯同样在半夜里忽上忽下，里面却空无一人。有时还听见闸机和电梯门口有砰砰声。我承认有几次应酬喝多了，我的动静大了点，坐电梯也坐错了，找了几次才找到楼层。

自此，我决定再不喝酒，或者说，绝不喝醉，这样，我会变得更理智、更清醒，胃疼、脂肪肝什么的，也都没有了。

好景不长，一日我中午下楼吃饭，竟见大厦管理处的人带着工程师来摄像头前检查。我像一个路人好奇地上前问干什么，管理员说这楼里可能有小偷——他不敢说有鬼，摄像头拍不到——要增加热能探测系统，看能否捉到这个小偷。我说有什么东西遗失了吗，他说没有。我说既然没有，那为何要装，浪费国家资源，真是的。他们觉得莫名其妙，不知我为何生气，其实真实的原因只有我知道。

回到公司，越想越不对劲，我得想出个对策啊，要不然怎么办，真变鬼吗？开新产品策划会时，我灵机一动，说："现在产品更新换代很快，我们虽然设计出了隐形战衣，但现在失效了很多，我听说隐形战士在战场上的优势已然不再，那是因为，对方用了人体热能探测眼镜……"说到这，同事小张问："你咋知道？"我便借机把刚才的事说了一下，又道："不管有没有小偷，或者是鬼，这件事提醒了我，我们的隐形战衣已经过时了，反热能探测势在必行。"小张反驳说："可我们还得大力加强变异液和魂机的研发，没有那么多的精力和人手！"我说："当然紧着最快速、最容易突破的地方着手，其他的，可以再推迟！"小张又继续反驳。这个年轻人，天纵英才，优秀的成绩与高智商令他成了年龄最小的部门主管，但也由于过度的嚣张和气盛，不把前辈放在眼里，不懂人际关系，最近见我抢了他好多风头，心有不甘，老是和我对着干。我得好好给他点苦头吃吃。

老总最后当然是采纳了我的建议，还拨了小张的两个手下给我，让我们加紧研制出反热能和反移动物探测装置。我们立即投入其中，起早贪黑地干，终于在大厦的热动能探测装置出来之前，率先研究出来了。我又渡过了一关。

三、变异

大厦内平静了一段日子，幽灵事件再次阴云笼罩。每天晚上，保安开始释放机器蚁，一屋一屋地进行探测，把楼内的人通通赶走，加班也不能超过十二点。想不到有一天，事情竟会落到我头上——机器蚁发现了我，我只好乖乖离去。看来以后办公室是不能待了，怎么办？怎么办？我在街上游荡，去二十四小时快餐店买了杯饮料，在那坐了一夜。我突发奇想，如果不用睡觉，那一切问题不就都解决了？事实上，这个问题早有药物能解决，使大脑能一半清醒，一半睡觉，但后来被当作是副作用过大的禁药而禁止在市面上流通了。得进入药房，才有可能拿到。

我恰恰有药房的门卡。那天早晨我去上班的时候，就偷偷把好几种药都拿了出来，晚上到点，准备试吃一下。哪想到刚吃了不久，就觉得后背发疼，特别是两个肩胛骨如刀砍斧凿般疼，整个后背似乎都要撕裂了。我昏迷前，看到药瓶上画着的是一只蝙蝠和蝴蝶状的符号，我登时想起，那是超级战士的变异药丸。

醒来时，机器蚁又来屋内检查了。我正不知该如何是好之际，竟发觉自己腾空而起，并能悬浮。我吓了一跳，差点跌了下来，背后传来轻轻的扑动之声，回头一看，后背果然有一对翅膀，像蝙蝠之翼，又如蝶之翼。啊！我变异了！我会飞了！我有些恐惧，有些欣喜。开了窗户，我飞了出去，等机器蚁检查完毕，我又飞了回去，附在墙上，好好睡了一觉。第二天，我分外紧张，在同事们来上班之前，我终于掌握了恢复原态的方法，将翅膀缩了回去，并换上了正常的服装，没有人发现我的与众不同。

当公司发现变异禁药被盗之后，开始了内部调查，果然发现是我的门禁卡有问题，还在我的桌内发现了几个空药瓶。所有矛头都指向了我，证据确凿，我无从辩驳。我看到了远处小张幸灾乐祸的冷笑，我心里暗骂等着瞧。老总勃然大怒，质问我是怎么回事，我一个劲儿地喊冤，但又没有办法。我正要收拾东西被迫离开大厦时，事情又有了转机。

公司的调查员以极谨慎小心的态度，抱着绝不冤枉一个好人的想法，终于查出了事情的真相。原来，那磁卡上除了有我的指纹外，还有小张的指纹，而那些药瓶上根本没有我的指纹，只有小张的指纹，并发现了带有他 DNA 的皮屑。

事情来了个一百八十度的大逆转，我假装一切茫然。听老总说这一切都是因小张嫉妒才做出的嫁祸，我表示极为意外，并请求老总，给这个犯错的年轻人一次机会，别开除他。老总开始坚决不同意，在我再三恳求下，才答应给他最后一次机会，但要打回原级，从实习生做起。

小张得知此事，表示不服，当听说是我求了老总才让他留下来之后，他无话可说。他走到我身边，说："我知道是你搞的鬼，是你嫁祸我的，现在又假装好人吗？"我也悄声说："小子，你太聪明了。是的，一切都是我干的，你太嫩了，别想和我对着干，我会让你永远也翻不了身的，有种你辞职啊！你因为这种事而辞职，哪还有人敢要你？"小张咬牙切齿地说："你等着，总有一天，我要抓住你的把柄。"我哼了一声，一笑而过。

但我没想到这小子真的盯上了我。一个月之后,我觉得不对劲,我偷来的变异药快用完了,我想重新合成,却无法买到全部材料,特别是蝙蝠的DNA碎片。而且我再也不能继续下去了,因每次变异我都非常难受,白天一旦心情不好,就觉得后背的翅膀要破肉而出,只能赶快吃抑制性药物,避免白天变异;而晚上无法变异又得加大药量,才能生出翅膀,上面的倒钩能让我挂在墙壁上,或者倒悬在天花板上,像真正的蝙蝠,好好睡上一觉。

我很清楚不能再这样继续下去了,再这样下去,我必然会发疯发狂,身体定然真的变异,那将是我毁灭的时刻。

中午下楼去食堂吃饭时,见大门口又来了伙施工队模样的人,在大楼管理经理和保安的指指点点下,用一些专业的仪器在测量着些什么。不知又要出什么鬼主意来整我。我好奇心大起,走过去问个明白。新保安介绍说,最近又见鬼了,还会飞来飞去,也有可能是飞贼,为了保障大厦里人民群众的生命财产安全,得安装红外隔离网,一旦有人进入,警报便响起来。我一听,顿时火冒三丈——这网一旦建成,要偷偷通过,只怕难上加难,除非真的缩小成一只虫子。

我冷静地离开,心中有了新的方案。开新武器设计筹备会时,我便提出了建立昆虫战士的新思路。我说:"目前战场上,局势千变万化,敌人用纳米丝网封锁了我们的前进线路。无论是机甲、坦克,还是人体,均难以从中通过,不是被切割成碎块,就是直接掉脑袋,根本防不胜防。只有研制出昆虫大小的人类战士,才能通过封锁线,突袭敌人,我们必须研究出这样的射线或者通道。"大家面面相觑,老总拍案叫绝,问:"你哪来的灵感?"

我得意地说了大门装红外隔离网的事,是它启发了我。老总点头微笑。

当天下午,我们就开始了微缩射线的研究,能改变分子间距,使物体在质量不变的基础上体积缩小了不少。这样就能使战士缩小到昆虫般大小,能轻易穿过敌人蛛网般的绵密的纳米封锁线。研究得差不多了,我自己也设计了一个设备,就像手机一样,带在身上。晚上,我一开启微缩装置,身体便能缩到甲壳虫大小,轻轻松松,便能穿过层层红外线探测光束。

晚上,我再也不用飞来飞去,吊在墙上睡觉了。我走到办公室角落我的柜子那里,打开柜子,那里放着一幢小小的华丽而辉煌的别墅。我开启微缩机,双手放在柜子口,我身体逐渐缩小,双脚就悬空了,我的身体也恰好能爬进去。铁柜门上垂下一条事先备好的长绳,用力一拉,便能将柜门关上,里面的别墅内,开启电池,灯光亮了起来,多么漂亮的别墅。柔软的草地是绿毯铺成的,拂人脚心,痒痒的,很舒服。院子中是一个白瓷碗改造的大泳池,清澈的水,令我情不自禁地脱个精光,跳了进去,游个畅快淋漓,反正这里没人。我赤条条走进这别墅内,雪白的墙壁,古典的壁炉,一个放着巨型金鱼的大鱼缸墙,旋转楼梯直上三楼,空阔的会客厅,图书馆般的书房,可以打篮球的阳台……这样的大别墅,没有巨额资产,哪住得起?如今我却轻松拥有,上下班更是一出门就到,简直太方便了——大厦就是我的家园。

三个月后,我的业绩更是突飞猛进,薪水翻了好几番,关于魂机的研究也取得了突破性进展。女朋友换了一个又一个,这点不知是算成功还是失败。总之,我活得很开心、快乐,越来越热爱这个城市，热爱工作与生活。现在我才明白，对于第一城，为何有人爱、有人恨，一切都是因为成就感、幸福感。如今我住得那么舒服，工作也更有成就，人格魅力就愈发增强了。

我把各种各样的家具、电器都微缩了，放在别墅里；还养了一条狗，训练它不要乱叫。从此这条不叫的狗与我相依为命，每天买一小块肉，就够它吃的了，比迷你指狗还小，还好玩。它似乎记得是我不让它喊叫的，有时有想咬我的冲动，我眼睛一瞪，它就不敢造次了，吓得缩了回去。

那大概是我来到这个城市之后，最快乐的时光。

然而，事情从发明魂机的那个晚上，有了逆转。

四、杀人

我记得那是一个平淡孤独，而我又特别享受那种宁静的夜晚。没有月亮，只有瓷碗泳池内的水光，映在了铁皮柜的顶上，泛起蓝色的粼粼波光。我躺在绿毯草地上，望着上面涌变的蓝色，它就像一条鲸鱼在万顷波涛中载浮载沉。突然，一个沉重庞大的身躯压了下来，我觉得头脑麻木，胸口窒息，差点喘不过气来。

我隐隐感觉不大对劲，似乎预示着什么不好的事情即将发生。我收了魂机改进图纸，收摄心神，不再胡思乱想，准备好好地睡一觉。

外面的柜门突然开了，两只硕大的眼瞳像两潭幽深的塘水，在高空闪烁，一个缓慢而洪亮的天外之音，发出哈哈的笑声，然后说："总算逮到你了。"我吓得跌倒在地，仿佛被声波震倒了。

当我冷静下来时，登时听出了——那不是小张的声音吗？虽然体积变化，听声波频率有所不同，但那确确实实是他嚣张冷笑的声音。我赶快抓起了衣服，凌空而降的一只大手却抓住了我，把我往外带去。那手越抓越紧，我感觉快要骨折，快支持不住了。不！我当机立断：必须反抗。

小张一定以为这次可以捏死我，或者捏个半死，哪想到站在柜外的他登时缩小成拇指大小，我也从半空跌下。但见他正从柜子边滑去，我忙及时抓住了他离我最近的一只手，把他从一米高的深渊边救起。他惊讶至极地看着眼前的一切，不敢相信自己的眼睛，狂乱悚惧地大叫道："这是怎么回事？你把我怎么了？你……你……你……"他渐渐冷静，平息下来，我慢慢笑道："放松，我只不过开启了微缩机，现在你和我一样了，都缩小成昆虫战士了。臭小子，你还真的整天都盯着我啊！你怎么发现的？"小张熟悉环境后，又开始嚣张起来，站起来说："我就知道你没那么厉害，原来你一直偷偷住在公司里，节省了大量路上的时间，否则，你的业绩不可能那么好！"我淡定地笑了笑："那又怎么样？"小张说："你……你……你……你违反了公司的规定，你违反了大厦的规定，你……你……你……你一定会被公司开除的，我要去告你！"我慢慢向他走近，说："空口无凭，你又有什么证据？"他洋洋得意地一笑，从裤包内掏出一个U盘，说："都在这里！你这几天在公司里下班后的视频。我发觉你从来没出过公司，而且晚上就消失，柜门却自动开了，第二天你又会瞬间出现在储物柜旁边。我一直搞不懂是怎么回事，今晚亲自过来看看，想不到你竟然偷公司的军事机密，为自己牟利，我要告你，

19

告你!"我怒了:"好啊,臭小子,敢监视我?"我扑了上去,抢过他手里的U盘,他跟我扭打起来。他毕竟年轻一些,力气很大,我渐落下风。我赶快呼叫我的狗,我的狗喘着粗气冲过来,又驻足观看,我瞪它一眼,骂道:"还不上!"狗这才冲过来咬他,却不想,被他一脚踹在脖子上,飞出去老远,像破麻袋般摔倒,无声地叫。我怒了,真的怒了,我在被他一拳打中脸的同时,尖锐的口哨像剑一般刺出,将那个东西叫醒了。当他发现有东西在背后撕咬时,吓得连忙转身,一看,吐了,倒了,白沫如搅动的啤酒溢出嘴巴,脸白得像石灰。我趁机抓着他的头发,拉向泳池边。

小强目不转睛地看着我,口器曲张,鞭毛抖动,棕亮的外壳油亮生光。没错,它也是我的宠物—— 一只蟑螂,小强,它自以为是一条狗,和我的狗玩得很欢畅。它见我的狗有难,赶快来帮忙,正用脑袋将受伤的狗顶起来。

小张从没见过和狗一样大的蟑螂,他没有意识到其实是自己身体缩小了的缘故。他的生理和心理皆被打败了,意志力全无。我怒从心头起,恶向胆边生,将他拖到水边,狠狠地按了进去。他先是有反应的,双手摆了摆,脚蹬了蹬地,但很快身体一颤,不动了。我怒道:"别装死!"拉起他湿漉漉的脑袋,只见他瞳孔放大,嘴唇发紫。其实这时候做人工呼吸还是有用的,或许能挽回他一条命,但我没有这么干,反而边打边骂,以为能将他打醒,骂醒,又或许,我真的想杀了他。就这样,他轻而易举地就死掉了。

我一摸他鼻息,没气了,这才有些惊慌。但我早已铁石心肠，职场如战场，不是他死，就是我亡。地上，设计图纸混乱一片，我顿时想起了魂机，这时候开启，一定还来得及。于是我迅速将小型狙击枪般的魂机对准了那具尸体，根据脑微管存贮灵魂的理论，我得知此时他的意识一定还以量子态存于周围，魂机磁场一旦捕捉到后，就将令他呈现观察者量子坍塌状态，他的灵魂就出现了。

小张的灵魂还不知道自己已死，而且没经过压缩，他显得无比巨大，像一个蓝色的、用像素点组成的怪人。他惊愕地看着缩小的、躺在地上的自己，又愤怒地看着我，准备再来抓我，大手却像虚影般穿过我的躯体。他惊道："你把我怎么了？怎么会这样？"我说："你的身体已经死亡，脑微管只能暂时贮存你的灵魂，魂机能让你以量子态暂时待在这个世界。如果你还想看到这个世界，就乖乖听我的话，否则，你连意识都不复存在。"

他愤怒，绝望，乱吼乱叫，但只有我能看到，听到。当我闭上眼睛时，他就消失不见，那种感觉我不知道究竟有多么可怕，但当我连续闭眼之后，他终于跪在我面前，低下头来，说："求求你，救救我吧！我不想死，我不想消失。"他现在就仅仅是一个幻象，需要别人的观察才能出现。他度过了一段艰难的适应期，像精神分裂的病人，时而对我咆哮如虎，时而对我驯顺如羊。最后，他明白了，无奈了，只能眼睁睁地看着我将他的尸体塞进火柴盒，放入冰箱内。我说："我会将你的尸身保持长久不腐，明天我会开启魂机，你将正常上班，然后写好辞职信……"他可怜而暴躁地说："那我以后怎么办？工作怎么办？薪水怎么办？家里怎么办？"我说："你不能怎么办了，你已经死了，你的思维和记忆只能通过魂机出现，平时你能暂存于你尸体的脑微管中，我会时不时放你出来，让你还能看看这个世界。反正你又不是一个实体，不需要吃喝拉撒，不需要消费，对任何物质也都没感觉，工作、钱、家人，一切对你都不重要了。恭喜你啊，你算是彻底地解脱了，算是传说中的飞升了，你现在真是无所不能了。"他听了号啕大哭，我便笑着将他关闭了。

次日上午上班时，我开启魂机，偷偷将他释放了出来。他坐在座位上，待了一天，没人和他说话，也没人发觉他是个幽灵。我拿着他桌上的辞职信去找老总，替他辞职。老总看了信，又看看我，问道："这是啥？给我这干吗？啥意思？"我觉察出情况不对，拿过来一瞧，啊！原来不是辞职信，是举报信，上面举报我侵占公司资源，知法犯法，以权谋私，长期居住公司，造成大厦闹鬼现象，以致人心惶惶，影响别人工作效率云云……我大惊失色，汗如雨下，完了，完了，一切都完了！好吧，好吧！我就和你们同归于尽。整个大厦，终是我的天下。

我按下了遥控巨型离魂机的按钮。这是我花费了无数个日日夜夜研制出的离魂炸弹，可以瞬间杀死整个大厦的人，将他们的肉体与灵魂剥离，把每个人脑微管里的思维、记忆、意识都压榨出来，肉体将瞬间因不会潜意识呼吸而死亡。

只有我一个人活在大厦里，整个大厦都是我的。到处都是尸体，都是行尸走肉。

老总死了，灵魂被我收集，并释放了出来。

我现在掌控了一切，我想听听他说些什么。

他显然并未意识到自己已经是一个死人了，还兀自喋喋不休:"这算什么,小张告什么状嘛,住在公司,以公司为家,积极主动地加班,真是令人感动啊!我要给你升职,给你加薪,希望你再接再厉,继续保持,你真是我们公司的典范啊!啊!我这是……"他大概是看到了自己的尸体,吓坏了,而我因泪水潸然,眼前模糊了,他大概就这样消失了。

大厦还是大厦,一直在正常运转,整个大厦上班的大概有一千个人。所有的尸体都被我微缩后,装入火柴盒,放到了冰箱里。每天早晨,我都开启魂机,把他们释放出来,我看着他们正常地工作,似乎并不知道自己早已死掉。

有一天,我看到,在我们这座大厦对面,又突然盖起了一座大厦,我真想过去看一看。

我真的就去了。

我走进对面那座大厦,居然见到了老总、同事。我和他们打招呼,他们却并未理我,我心觉奇怪,为什么这座大厦和我们那座大厦一模一样呢?甚至连人都一样。不知不觉,我回到我的工位上,看到熟悉的工作台、电脑、书籍,一阵干活的冲动涌来——我的青春岁月就献给了这里,真是令人感慨万千哪!可是伤感归伤感,这桌子看起来很脏,布满了灰尘。这时,一个青春洋溢的年轻人冲了过来,要往我的座位上坐,却被一个女同事叫住了。"别去那!"女同事紧张而关切地说,"那有鬼呢!"年轻人惊讶地问:"鬼?什么鬼?"女同事说:"就是那个天天在公司加班加死的鬼,他经常会出现在大厦里,就像幽灵一样哩!"年轻人不信:"怎么可能呢?怎么会加班加死呢?"女同事说:"你看桌上有他的照片,报纸上还有呢!"说着,递过来一张报纸。年轻人伸头去看，我也凑过去看，上面是一个人过劳死在办公室的照片，他像是敬业过度卧死在办公桌下，佝偻着躯体，像折断的圆规。

我又看了一眼桌上相框里的照片，那不是我是谁？

魂机，我想不起来了，它的说明书里似乎有这么一段，它是用来建造一座大厦，和一个空间，让死掉的人假装活下去的，让活下去的人假装死掉？

是吗？

那么，现在，死掉的人是谁？

观察者

一、观察者01

我是一个观察者。

我们这个族群,一生下来,就互不相见,与世隔绝。我们没有父母,没有亲人,唯一生存的空间,是555立方米的小屋,系统给予我们一切,也给了我们一生。我们在小屋内生存,吃喝拉撒,工作,直至死亡。

我们生存的目的是:观察。

我们需要一个地球年左右才能成长成熟,了解目前世界状况:外界全是黑暗,出去就会完蛋,在外面等待我们的,还有疾病、痛苦、悲伤、腐蚀、辐射,等等。只有在这个安全的立体小屋循环系统之中,我们才能找到安全、快乐、开心、坚强、自信。这时候,系统会告诉我们:你可以开始工作了。于是四面八方的屏幕上,就会出现各种各样的婴儿的脸孔。这些,便是地球上即将出生的婴儿,他们一个个都充满了天真无邪,与难测的未来。我们的工作就此开始,选择一个你认为顺眼的婴儿,观察他的一生,记录他的一生,当他的生命结束时,我们的工作也完成了。有些人选择得好，就能看到一个精彩的人生；有些人选择得不好，只能看到一个落魄的人生。有些人一出生就死亡，你的工作也瞬间结束；有些人一生波澜壮阔，你的工作也充满刺激。好与不好，只能选择一次。在观察过程中，不能与被观察者沟通，不能让他发现你的存在。我们可以采用多重视角，可以用第三人称视角任意俯视、仰视、斜视被观察者，也可以用第二人称视角查看被观察者的表情和状态，还能采用第一人称视角，看到被观察者眼睛看到的一切，甚至体验一点他的视觉感受。对于这项工作，我满怀着极大的兴趣。

我闭着眼睛，选择了一个号码，第二百亿三千九百万零二十一号婴儿。

婴儿脱离了母体，睁开了黏黏糊糊的眼睛。我采用第一人称视角，透过他的眼睛，看到了地球世界，看到了爸爸妈妈，爷爷奶奶。

婴儿成长，成熟，度过了无忧无虑的童年，开始步入了竞争世界，考试竞争名次，恋爱竞争女友，工作竞争年薪，综合竞争社会影响力与社会地位。

无一例外。

他是一个失败者，他的失败看起来有些像命中注定。他一生都为了追求成功而努力地活着，可是就差那么一点点，与成功失之交臂。因为幼儿园毕业考小学时，他念错了一个字，便被转到了非重点小学里去；在考重点初中时又差 1 分，便到了普通初中；初中考高中时仅仅高了 0.5 分擦线入学；到了高中，他开始放纵，为了喜欢的女孩，放弃了进入好大学的机会，与女孩同读了一所大学。他们恋爱了三年后,她还是在大学毕业后嫁给了一位高官之子。他工作了,在一个普通单位的小机关里。后来,他在家人的催逼以及好友的督促下,机械化地进行着相亲行动,直到某一天,他觉得不能再相下去了,于是就亲了她。相亲成功。三个月之后,他们结婚;一年之后,孩子出生。他们买了房子,还房贷,养孩子,看着孩子长大,工作还是没有变化,生活就这样延续下去,生命就这样延续下去。他喜欢电影,喜欢艺术,喜欢游戏,喜欢旅游……可是他什么都没有付诸行动。

父母渐渐老去,虽然他不太成功,但父母还是一样爱他。

某一天父母死去。

他悲痛万分。

在整理父母的遗物时,他突然发现了自己儿时的理想,写在一张小小的条子上,被母亲收在了装满最宝贵的结婚戒指和家传首饰中的匣子中。他已经想不起来是什么时候写下的这句话,但却是让他一生最汗颜的一句话:"我的理想,是成为最好的科学家和游戏设计师,设计出改变整个世界的游戏。"

然而,他似乎早已在平凡的生活中忘却了心中的激情。

他烧了这张纸,在父母的坟前号啕大哭。

儿子长大了,工作了,结婚了。

他也渐渐老了。

这个世界上认识他的人不超过两百个。

他死了,不会对世界造成任何影响。他活着,也不会对世界有任何促进。

在弥留之际,他写了一篇文章,文章的题目叫作《观察者》。

就在这一刹那，我突然感动得泪流满面。原来，你一直知道我们观察者的存在，只是假装不知道而已吗？

他笑了笑，回光返照，将要吞咽下人生的最后一口气。

我的工作，即将结束。

系统的倒计时开始，我忽然意识到，我的一生，就在这555立方米的空间内，也即将结束。

观察者工作完毕，就会被销毁。

不！

既然你知道我们观察者的存在，为什么不早点说出来？

让我在这间小屋子中观察了你一生，像一个没有自我的囚徒，我自己呢，为什么没有自己的人生？难道我的一生就是要看你的一生？

你的所有感受我都感受不到，我看着你的悲哀，我比你更悲哀。

可是我们出不去，我只能通过你，改变我的命运和人生。

意识到这点后，我忽然和他自然而然地产生了思想联系。我首次利用凝结了他思维的文章，史无前例地与他建立了联系。系统没有发觉这一点。

这是系统的BUG（漏洞）。

二、被观察者01

我快要死了，眼前像罩了秋雨过后的浓雾一样黑，像冰冷阴晦的秋天一样暗。黑暗，以我最不喜欢的方式来临了。孩子和老伴站在我的跟前，若隐若现，我看见他们眼中有泪光，泪光凝成霜。我想和他们说几句话,你们好好地活着,却听到一阵陌生的声音:"西西西西速速速速……"我分不清那是什么话,更不知道那是谁的声音,似乎唾液和舌头在抽风,为什么会从我的口中发出来。

白光、蓝光、黑光……交织成一片,几道影子飘来荡去,我身体腾空,软绵绵地飘动,看见一个老人躺在病床上,周围站着我的家人。那是谁,为何与我如此相似?

瞬间,我头晕目眩。我意识到了,那个老人就是我,我要离开这个躯体,走向未知的世界,难道我就这样走了吗?离开这个世界?我死了?

忽然间,我看到光影闪过,听到耳边的轻声呼唤:"喂,阿上!喂,阿上,你认识我吗?你知道我的存在对不对?"

我说:"你是谁?"

那声音道:"我是你的观察者。如果你愿意,我们可以互换位置,这样,你就能活下去!"

我不明白这是谁,但是我听到"活下去"三个字,我决定要继续活下去。

我答应了这个声音。

而后,我进入了那个125立方米的空间之内。

在这里,令我震惊的是,我看到了我。

我看到了我的一生。

从出生,到死亡。某一个躲在这个空间的人,竟然巨细无遗地观察了我的一生。从初生时嗷嗷啼哭的婴儿,到垂垂老矣的耄耋之身;从第一次恋爱的牵手,到儿子出生的喜悦;从考试不及格被爸爸打,到儿子考试不及格时我打儿子……从想成为科学家和游戏设计师,到在一个小机关中度过千篇一律的人生。我失去了最喜欢的女人,失去了最喜欢的事业,失去了最喜欢的乐趣……我这样活到死,我的人生,有什么意义?

我感到了从来没有过的悲哀与绝望。从来没有任何时候,我会像现在这样,想死。

我头一次知道,人只有在死之后,才会想到死。

活着的时候,不会想到活。

我听到了它在给我讲解、介绍、灌输有关观察者的方式。它可以在我体内继续存活,我必须帮助"它",观察"我"。

这么说,接下来,我的人生理想,就由它来帮我实现?

我却只能眼睁睁地这样看着?

不,绝不能这样,我要继续活着,我要重新实现我的理想。

但我现在被关闭在这狭小的空间内,假装成它,它则活在我的肉体中,假装成我,我们都不能被系统发现。假如再置换位置的话,信息传输能量突然骤增,必定会令系统有所怀疑,这样我们是无法交流的。

我得另外再想办法。

这个世界上最了解我的人原来不是我,而是它。

它对我说:"我自由了,我自由了,我终于逃出这个囚笼,可以真正地享受人生。尽管我已经70岁了,但是,只要能再活十年,我也够了!现在,我才算真正的观察者。"

它恶作剧般的微笑,令我心生厌恶。

它自由了,它获得了它的成功,却是建立在我的死亡之上。

如果不是我写了那篇文章，那么它也不会觉察出我觉察到它的存在，系统就不会有这个漏洞。那么，让我想想，我似乎有了一个新的办法，能够重新借助它的力量，完成我的理想。

三、观察者02

我睁开眼睛。

现在，我已经确定，我们俩置换了位置。

他已经被我送进了立方观察体内，他在那观察他自己。

我，总算逃离了这个从我出生到死都注定逃脱不了的囚笼，我真正有了自己的躯体，有了自己的感觉。我无数次地用第一人称视角来感受他的人生，却从来没有真正地获得过感受。

旁边的心电图上，他的心脏已经停止了跳动。但是我来了之后，强大的动能和修复细胞的机制开始注入了他的身体内，那些癌细胞土崩瓦解仓皇自杀，癌细胞中有用的端粒酶留下，重新复制出充满活力的新鲜细胞。在他的家人哭得最惨烈的时候，我一个鲤鱼打挺，外加鹞子翻身，从床上跃起，大喝一声："我终于自由了！我不再是观察者了，我就是真正的我！"

我头一次呼吸到了地球的空气，很清新，微微有些呛鼻，但我喜欢。事实上，后来我才知道，那是医院中消毒水的味道。

我拔掉了插在身上的插管和呼吸机，从那些目瞪口呆的子女孙子和老伴的脑袋上越过，落到了地上。呆若木鸡、瞠目结舌的他们愣是没有反应过来，还以为是集体性幻觉。直到我冲出房间，大叫大嚷，引来医生时，他们才明白，我没有死。

儿子女儿老伴孙子孙女群体激动得大哭，抱着我一通泪染的风采，我感觉他们在哭"被观察者"死时也没这么痛苦。我想起"被观察者"临死前分配了为数不多但还算不错的遗产给他们，难道我帮助他复活之后，这些遗产又要重新分配？其实不是，他们不像肥皂剧中演得那么狗血，他们是真的发自内心地痛哭，以至于老伴都晕死过去。医生和护士忙带着她送到隔壁病房抢救。晕倒原因是激动过度，大喜大悲，因此引发了心肌梗死。

心电图呈一条平线。

她死了。

全家欢喜得以泪洗面之后再次悲痛欲绝地洗了一回，皮肤被泪水泡得肿胀而无血色。

大喜之后通常是大悲。

我全无悲哀感，因为这个老伴只是"他"的老伴，不是我的。我只不过借用他的身体，继续体验一把人类生活而已。

看到"我"的儿子女儿孙子孙女们这个样子，我突发奇想，决定再恶作剧一把，我把手放在了她的手上。我说："老伴，你不能死，我爱你！"

我自系统中窃取的能量，顺着她的手臂导入了她的体内，解开了她梗死的心肌，将那些阻碍着血液运行的血管壁膜冲破；它们化身为一个个纳米小虫，修复好了细胞，赶走了病毒；最后，为了防止她的身体有特殊反应，纳米小虫们抹脖子自杀了。

老伴复活了。

"我"的儿子女儿孙子孙女等人又是号啕大哭。

医生们激动地说："这是爱的奇迹啊！爱令她让她的丈夫复活，她丈夫的爱又令她复活了。"

"被观察者"的老伴一脸褶子的笑容令我有呕吐的感觉。

我看到了儿子和女儿相继晕倒,他们今天经受了一场神经系统的战争风暴,现在逐渐归于和平,终于再也忍受不住了,身体虚弱,双腿疲软,昏迷不醒。

我和老伴兴高采烈地照顾他们,直到他们喝了糖水,才悠悠转醒。

这时,医院负责我的护士才紧张兮兮地过来,要给我检查身体。经过初步检查,我体内的癌细胞已经消失,取而代之的是一副相当健康的身体,没有任何毛病,甚至超过了年轻人。

奇迹。我给他的身体带来的奇迹。

我知道这奇迹意味着什么,假如有人发现这一点的话,我的家庭必定在劫难逃。

医生是个好人,他不居功自傲,他不相信这个世界真的存在奇迹,他没有当即公布这个奇迹,以免引起记者的关注。他想让我留院再观察一段时间,可我不想待在这里,我要到餐厅,品尝美味。

我办理了出院手续,医生要我定期继续来做检查。我不知道他在想什么,或许他会在我完全康复时,告诉别人那是他的本事。我允许他这么做。又或许他根本只是关心我而已。他看我的眼神很特别,表情意味深长,难以理解。他似乎看穿了点儿什么,恐惧着什么,但也可能只是我的多疑。

出院后,我去了餐厅。我要了曾经见他吃过的那些美味,我细细地品尝着面包、牛奶、面条、炒饭、小菜等这些最普通不过的东西。我见他吃了无数次,我却从未真正品尝过。

我咀嚼着每一样食物，很慢很慢，牙齿和舌头搅磨着，把它们都榨出了汁，用了最大的力气才将它们吞咽下去。

我感到前所未有的爽快。

我不再是一个观察别人生活的观察者。

而且，我也不愿意观察一个失败的人生。

我现在有了自己的人生。我要尽量让自己过得潇洒一些，快乐一些，成功一些。

我将会比这个世界上成功的人更加成功。

因为我不属于这个世界，我拥有不属于这个世界的能量。

没有人知道这一点。

吃完之后，我想要体验感。

我通过他看过孔子的书，孔子说："食色，性也。"

晚上，我离开老伴，离开家人，来到街上，找到了这里最大的夜总会。这里，他曾来过几次，拥有最漂亮的女人和最刺激的夜晚，也需要花费大量的金钱。

来到门口，我才发觉自己身上一个子儿也没有。

没有票，门卫自然不会让我进去。

我用精神力量告诉他，闪一边去，他真的走了。

我进入了这个超级豪华的夜总会。

我看中了笼子中穿着兽皮跳舞的美女。

另外一位大亨也看中了她。

大亨用钱砸她，我用拳砸大亨。

大亨的保镖们接二连三地上来，我，一个七十岁的老头，一通拳打脚踢，将他们打成了八十岁的状态。

大亨跪下。

我踢碎了他的膝盖。

夜总会的经理带着保安冲来，我狠狠地把铁笼子掰开，抱走了哇哇乱叫的女人。

女人出了夜总会后，开始对我百依百顺。

我们狂欢一夜。

我也了解到了"被观察者"年轻时最感兴趣的事情原来是这么个滋味。

我很喜欢她，想给她一笔钱。

可我身无分文。

我一纵身，跳到了第十层的大楼上，又跳到了二十层的大楼上。我知道盗窃不对，我只不过在寻找盗窃的家伙。

终于让我找到了一个。我便等他盗窃完毕，揣着满满的钞票和珍珠钻石翡翠出门时，将他打成了脑震荡，还把他扔到了警局门口。

当然，那些财物也归我所有，成了我的奖励。没过多久，它们就进入了美女的皮包。

不久之后，我发现美女和另外一个大亨好上了，我一怒之下顺手置换了他们的下半身，而上半身则调了方向。其中的原理很简单，只不过是一种细胞重组而已。

我渐渐发现了我所向无敌，在人类的任何领域之内，我都能够超越人类。

我可以成为伟大的科学家，可以成为伟大的作家，可以成为伟大的政治家，可以成为伟大的军事家……

但，我什么也没有成为。

我，仅仅想成为一个无人认识的超人。

白天，我挥金如土，享受生活，四处旅游，吃各种美食，看各种美景，泡各种美女。晚上，我打家劫舍、偷鸡摸狗，强抢小偷强盗的家庭。我过得很有滋味。尽管我外表老一点，但我武功高强，天下无敌，有很多很多很多很多很多——钱——所以能得到很多很多很多东西。

我不介意我老，可是，有人介意。我只好重组我的面部细胞，令我的脸渐渐变得年轻一些。

老伴和子女们发觉了我的特异之处，不，应该说是他的特异之处，我提出离婚。老伴痛哭。子女发飙。

离婚那天，老伴的病发作，进了医院，而我没有感觉，那只是他的老伴。我观察了他那么久，我觉得他也不太爱她。

我使得自己年轻了四十岁，看上去只有三十几岁的年纪，比儿子还要年轻。他们看到了我瞬间的变化，忽然吓得跑了。

我自由了。

没有了羁绊之后，我更能享受我的生活了。

我预测出了股票的涨幅，很快就赚了上亿美金。我停止赚钱，开始学会吸毒、乱性。我的生活堕落得不成样子。

可是当看到地球上某个地方有地震的时候，我还是会偷偷溜出去，采用瞬间分解身体穿越空间的异能，救助一些苦难者。有时候善心大发，我还会偷偷地捐赠出大量偷来的金钱，救助那些连午餐也吃不上的孩子。又或者是看到某个贪官实在不像话的时候，我会把他的舌头割掉或者让他吐出自己的胃。

冥冥之中，人类似乎觉察到了我的存在。

我，却没有觉察到这一点。

这是我悲剧的开始。

因为，在我获得"被观察者"身体的第三年零八十天时，我睁眼醒来，发现自己不会动弹了。

我想要吃饭，可是嘴巴怎么都张不开。

我想翻跟斗，可四肢麻木。

我想撒尿，竟根本尿不出来。

……

突然间，我飞到了高空之上，来到了"被观察者"过去的小学。我一把将小学中最古老的那棵树连根拔起，甩到了北京。

我又来到了他过去的单位，生生把整座大楼给推倒了。

我的速度之快，连高清摄像机都拍摄不到。

然而，这些，都不是我愿意干的事。

我的手脚以及身体的每一个细胞，似乎都不听我使唤了。

望着冥冥苍天，我听到了狂笑。

他的笑声，竟是那样可怕。

我忽然意识到，我只是观察了他的表皮；他的内心，我从来没有觉察到过。

四、被观察者02

我迅速地适应了作为观察者的角色。我了解到了这个观察者到底是如何观察我的种种生活，莫名的悲哀令我身心俱疲，几欲自杀。在这个幽暗的空间内，除了观察之外，还能做什么？我无法想象，它在这个狭小的世界里，就这么年复一年、日复一日地观察着我的一举一动，而到现在还没有自杀。根据系统上所说的，它和我之间永远也不能建立联系，那么，它是如何联系上我的呢？

在快进回放过程中，我目睹了自己临死之前的一生，终于看到了它曾经观察到的一切。原来，因为我写下了那篇《观察者》的科幻涂鸦之作，令它以为我察觉了它的存在，这样，我们心灵相通，就自然而然地建立了联系。这么说，想象力是唯一建立我们联系的关键。那篇小说，只不过源于我一个未曾完成的梦，谁知道，竟然真将它引来。现在看到它与我置换位置，我在地球上复活，而真正的我，却在这幽冥之中，看着它肆意地享受人生。我感到了极大的嫉妒与愤慨。其实，没有它，我也早就死了。但，那是属于我的身体，属于我的感受，属于我的精神，属于我的生命，我都未曾好好体验过。

好嘛，既然是这个样子，我就先观察几天，看看它会怎么做。

我看到它竟然拥有令我目瞪口呆的能力，这种能力超出了任何一个漫画英雄的异能，超出了我的认知范畴。我更搞不懂的是，它为什么仅仅用这些能力度过最后几年只知吃喝玩乐的人生。它本可以把我的名字大大地写在人类历史上，超越所有时代的伟人，可是它偏偏用来荒废和虚度。我已经虚度了一辈子，我不想放弃最后的机会。可是，如今在这个囚笼里，我又能干什么呢？我只能眼睁睁地看着它。

直到它睡觉之后，我也闭上了眼睛。我做了一个梦，梦境中，我能运用它的能力，干自己想干的任何事情。第二天早晨醒来之后，我发现有些异常。它恍恍惚惚，莫名其妙。在睡梦中，它干了一些它自己都不知道的事情。

模模糊糊的记忆中残存着昨夜异常刺激的梦。我调出观察仪器来检查，发现昨夜它干的事情正是我梦到过的。

联系起那篇梦中的幻想之作，我突然意识到，或许有这个可能，我可以利用我的梦，控制住这个家伙。在梦中，我将利用它的超能力，为我干很多事情。这也相当于是我干的。那么，我这辈子不成功的人生，可以利用它发生扭转乾坤翻天覆地的变化。我要在极短的时间内，让自己成为一个拯救世界的人。

我再次做梦，梦里我清晰地控制住了它。我用它控制着我的肉体，干了一系列奇奇怪怪令它震惊的事情。实验完全成功。我怕它另有后招，便决定与它摊牌，既然这辈子它观察了我，与我休戚相关，那么，我可以和它好好合作，改变一下我最后的人生。

入梦。

此时此刻，我不再是"被观察者"，也不是"暂时观察者"。

我是控制者。

某地发生地震，我拯救了数十个孩子，顿时，我成了英雄。

我预测了股市下跌和上涨，我成了股神。

我拯救了某国家总统，我成了总统的座上宾。

我开始发表各种各样的演讲，引来了无数的看客。

发生在我身上的种种奇迹，令世界相信，我是一个不平凡的人。

我没有表露出我会瞬间移动、移山填海这些俗套的超能力。因为太过夸张，就会引起世人反感。我研究了许多历史上的伟人，他们身上并未表现出任何超能力。他们只要动动嘴，表现得比普通人稍微好一点点，就能赢来人类的赞叹。

除了开始玩政治，我也开始玩艺术、科学。这些都是相辅相成的。

我完成了一幅堪称人类艺术奇观的作品。把人类的九大艺术全都玩了一遍，这部作品我亲手按"1 文学、2 音乐、3 舞蹈、4 戏剧、5 绘画、6 建筑、7 雕塑、8 电影、9 游戏"的序列，组合成了一幅相辅相成的九宫立体艺术。这部作品首先是一部小说，第二步成为音乐，直到最后拍摄成了电影，它的尾声是游戏。雅俗共赏，令人惊叹。

我又开发出了一系列的超一流的计算机软件，创造了最前卫的手机，创办了点击率最高的网站。

我设计生产出了最刁钻古怪却人人都离不开的科学产品——一种食物。它取代了米饭、馒头和面条。同时，这个过程又是一门科学的行为艺术。

于是，我成了世界上最伟大的科学家、文学家、音乐家、舞蹈家、戏剧家、画家、建筑家、雕塑家、导演、游戏设计师等。

纵观人类历史上，就算达·芬奇也没有这么有才。

这些，都是它的超能力。我只是轻微地运用、控制了一下。而我虽然无法亲自感受那种真正的感觉，却能看着自己，一步步走向成功，成为世界上最为成功的人。

数之不尽的财富在我面前已经成为垃圾。

我需要的是更大的成功。

那就是——重建地球。

毁灭之后，才能重建，按照我心目中的理想，建立一个真正美好的地球系统。

这也实现了我童年的理想——要设计出伟大的游戏。

这个过程，就是一个设计游戏的过程。

因为，我的最终目的，就是为人类建立出万世不灭，永远幸福、快乐的世界。

可是这样的世界永远不会存在。

人类总有不公平，总有攀比，总会自私自利。要清除这些劣根性，除了改变他们，别无他法。

我决定给世界上的所有人每人建造一个地球。

在这个地球上，此人是独一无二的人物，其他的人，都是复制者。他就是世界的中心，世界围绕着他转。别人都是生活与生命中的配角，他是那个永远的主角。他能够得到自己任意想得到的一切。每个人，不会再有遗憾；每个人的人生，都不会过得那么狼狈。

观察者已经成了我的奴隶，我可以控制着它，改造出一个新的世界。这就是新的纪元，新的起点。

首先，我要制造灾难。为了伟大的理想，小小的牺牲是必要的。

于是，我用上了山崩地裂、地震海啸、火山喷发等一系列行之有效的手段，令整个人类世界恐慌至极，开始打造所谓的"诺亚方舟"。但是有一天他们忽然发现"诺亚方舟"化为了"糯鸭

41

饭粥"，整艘飞船的形状还是原来的形状，构成物质却成了一块块的糯米，一只只的烤鸭，还有米饭和粥。

全世界的各国总统围着"糯鸭饭粥"忍痛大吃，等待着世界末日的来临，他们明白，他们对抗不过命运。

我及时出现了，告诉他们，要拯救人类，要活下去，只有一个方法。

什么方法？他们齐声惊问。

毁灭自己的身体，把脑子留下来，组成一个新的大脑网络系统，构建新的虚拟世界。毁灭肉体，把意识留下，这样，人类就能够延续生命。

但是这样的话我们不是已经死了吗？

不！意识没有死，你们就没有死，而且在新的世界中，你们还能活得更长，更快乐。我忽悠他们。

在绝望面前，这是唯一的希望。

我出动了大型切割机，开始切割人脑。机器运行，到最后只剩一个个圆润的大脑，被送入了营养网络池中。利用浮荡着的碧绿色的营养电脉冲池水，既吸收养料，又构建新的网络世界。每个总统的大脑都是一个国家的大型服务器，而分布下去的分别是省长、市长、县长，形成不同的网络节点，构建出新的大型虚拟世界。这个世界充满了欢乐与微笑，没有天灾，没有人祸。处于最中心位置的终极服务器，就是我直接引导的大脑。

海面上漂浮着七十亿大脑，其中，有一个巨山般的大脑，就是根据我的细胞复制出来的。最终，我也将会走进那里。

我已经成为世界之王。

为了表彰"观察者"的贡献,我和它共同署下了我们的名字。

基本上这个世界的第一步计划就要完成了。

我也该休息几秒钟。

它也终于清醒过来,和我面对面。

五、观察者和被观察者

观察者:你终于肯停止了。

被观察者:我没有停止只是休息。

观察者:你控制着我,难道就非要毁灭世界不可?

被观察者:我没有毁灭世界,我在重建一个虚拟的完美世界。

观察者:你的生命,本来已经可以很完美了,你非要干到这一步,是为什么?

被观察者:我在弥补我的过去,我没有能力实现我的理想,现在,借助你的力量,看到你去帮我实现,我总算心满意足。可惜,我没有真正体验到这种快感。

观察者:这种感觉绝不好受。被人控制着干自己不愿意干的事情,你以为会好受吗?

被观察者:你的身体虽然没有自由,但你的思维有自由,你如果不想要自由,为什么又要离开这个立方体?

观察者:正是为了离开这个囚笼追求自由,任意在地球上驰骋,我才离开。可是,到头来却完全受你控制,根本没有自由。你,就不能让我干一点我想干的事情吗?

被观察者：呵呵，我控制着你把我想干的事情干完之后，我就会完全放开你，给你随心所欲的自由；在我心愿未了之前，我不会放弃这个控制权。

观察者：你有控制权，却没有感受权，这样，你有快乐吗？那些快乐，只不过是你臆想的快乐，你不知道我用你的肉体有多么痛苦，而你自己，根本感受不了这种快乐，也体验不到成功的快感。你还是一个失败者，一个永远的失败者，你的生命，在我们交换位置的时候就停止了。

被观察者：即便是这样，就算我是植物人也好，臆想狂也好，至少，我亲眼看到了我的成功。你将会看到，在这个人脑的虚拟世界中，我重新活了一次，好好活了一次，从出生到上学到工作，我都会重新构造一条新的完美之路，我很快就要新生了。

观察者：我在你的身体里，你新建的这个世界是什么样的，你也感受不到，你只能在那里臆想。

被观察者：我知道你会这么说。我另有办法。我可以回到我的身体，还能同时拥有你的能力。

观察者：卑鄙的家伙，我现在终于明白，你早就可以控制我，却放任不管，任由我摆布你的家人。其实，你是故意要和你的家人分离的，你想看看我有多大的本事。

被观察者：我们置换的时候，我和他们已经没有关系了。等我查清你的底细，我才能更好地运用你帮我完成任务。看到你在以我的名义，浪费你的异能，我不得不控制你，帮我达成心愿，就算亲身体会不到，看到目标完成，理想实现，也是好的。

观察者：我选择你作为观察者是一生最大的错。

被观察者：嘿，你有生命吗？你的一生，就是观察我的一生，我没有好结果，你也不会有好结果的。

观察者：好吧。既然我们都不满意彼此，那么我们置换回去，你做你的人类，我做我的观察者，如何？

被观察者：只可惜，我的目标还没有完全完成，你如果走了，带走了所有神奇的超能力，我又怎么能完成我的心愿？

观察者：那你想怎么样？

被观察者：嘿嘿，我想到了更好的绝招和方法。

观察者：什么方法？

被观察者：就是我也回到体内，而且还能控制你的超能力，达成我的心愿。

观察者：什么，不……

被观察者：拒绝又如何，我们俩同处一个所在，不分彼此，岂不是更好？

观察者：你……你……你不能这么做，这么做，就没有观察者了。

被观察者：是啊，要观察者干什么？为什么非要观察者呢？

观察者：这样系统会发现的。

被观察者：发现又如何？我要入梦了，我来了……

观察者：不，不，不要，只有观察者存在，才会引起被观察者量子态的坍塌，形成确定性的存在；如果没有观察者，那可就一切都不存在，又可以说无所不在……

被观察者：我来了……

观察者：……

存在?

不存在?

一篇文章?

一场梦?

一个游戏?

一个虚拟世界?

一个思考?

宇宙,打了一个盹。

一个——

十秒亡魂战场

> 我们的灵魂
>
> 都上了战场
>
> 鲜动的血肉
>
> 被这磨盘
>
> 化为死泥浆
>
> 为了胜利
>
> 开启魂机
>
> 自杀的亡魂
>
> 使我们前进前进
>
> 一个兄弟倒下了
>
> 一个连队倒下了
>
> 一支军队倒下了
>
> 血踩着血
>
> 魂踩着魂
>
> 尸积山上插着获胜的旗帜
>
> 我们赢得了所有地盘
>
> 但只有我一个活在战场
>
> ——题记

一

我当兵那年实在没想到会真的走上战场。

我只是想着一时找不到工作,就听了父母的话去参了军。我听说那里待遇很好,福利好,工资高;还有,参军是件光荣的事,以后回了家乡,找工作也好找。

但参军真的就是这样好吗?老爸老妈,你们害死我了!你们现在后悔了吧!

我凄然一笑,用嘴咬开了电磁脉冲手榴弹的拉环,对着前面的战区胡乱地扔了过去,一片爆破声响起,大地震动,但没什么作用。我们身边,激光束来回穿梭,我们头上,战机来回扫荡,真是无与伦比的壮观,像夏日夕阳下,海上美丽的余晖。

我们低着头,躲在掩体之下,生怕对方再次冲杀上来。但过了良久,对面没动静了。

我舒了一口气。

一个年轻的士兵微微仰头。

我叫他别起来:"低头!"

他却笑了笑,说:"没事,我有超能护罩头盔。"

我说:"傻瓜,他们有光刃,小心脖子……"

话未说完,果然,一团光影如盘旋之刃飞来,一下子,他的脑袋就飞起来,落到我脚边,脸上兀自挂着微笑。

我忍不住说:"看到了吧!不听老人言,吃亏在眼前……你还笑,笑什么笑!"

我很生气,明知他听不到,却无法不唠叨。

像是有所感应，他站着的躯体终于从断头处喷出了鲜血，激射如喷泉。

然后尸体才倒下，倒在我的怀里。

我将他的头粘回他的脖子，至少让他有个全尸。

他的亡魂在旁边不知所措地发呆，然后说："我就这样死了吗？"

我说："可不是吗？你看，头都掉了。"

亡魂急了，说，那你至少也得把头粘对啊，脸是对着胸口这边的。

"哦，对不起。"我忙把头粘对，又说，"你快去踩点啊！"

但来不及了，他的亡灵瞬间虚化，消失了。

扛着他的尸体回去时，我想起我刚上战场时那会儿，如果不是因为我灵活应对，恐怕早就同他一样身首异处了。

二

在我们首次上战场时，将军慷慨激昂地给我们鼓舞士气："战士们，如今的战场已经是高科技战场了，我们的装备是最好最强的，能量防护罩头盔能抵御一切子弹！"说着，对自己脑袋开了一枪。

响声震天，他一点儿事都没有，脑袋上套着的头盔甚至印子都没有。

他又说："我们的盔甲，外金属骨骼，更是让你力大无穷，抵御一切强大的攻击。"

说完，他就躺在地上。任由一头重新构架克隆的猛犸象冲了过来,将他高高挑起,又踩在地上。但身穿外甲的他,一点儿事都没有,轻松爬起,将猛犸象的象牙掰断,戳进了其腹部,又将八吨重的猛犸象举起,双手一拉,撕成两半……最后,他说了一句让全场沸腾热血励志的话:今晚吃猛犸象烧烤!

不过最后得留个细胞,以便下次能再克隆,再造新的猛犸象。

大家饱餐一顿之后,第二天开始走向了战场。

我们都有一个无敌的信念:我们是无敌的队伍,无敌的战士,谁也打不倒我们!

勇气,加上以高科技装备,武装到牙齿的我们,一开始无往不利:子弹射过来,浑然无事;坦克碾过来,就当玩胸口碎大石,躺下便是,然后再掀翻它;飞机轰炸,就当下冰雹而已……

一开始,我们死伤率接近于0,轻松地就拿下了阵地。唯一一名受伤的人,只不过是崴了脚。

高科技作战真好,就跟开了外挂玩电子游戏似的。

想不到,三天后情况立变。

我们的战士被射死,一枪就给爆头了,因为对方用的是激光武器。

我们的外骨骼盔甲力可敌象,但对面冲来的是一群克隆的霸王龙,把我们连同盔甲一起踩扁,嚼碎……

天上落下的再不是普通的炸弹,而是冷冻弹、火熔弹、电磁弹、凝胶弹、毒液弹……在它们面前,外骨骼盔甲毫无作用,战士们死伤无数,有的被冷冻成冰人,粉碎成末;有的被滚烫的火熔岩烧为焦炭;有的被胶液封住,动弹不得,窒息而死……

什么高科技作战，见鬼去吧！

战斗过后，大家纷纷质疑将军：不是说有无敌战盔吗？不是说高科技作战吗，怎么会搞成这样？

将军老脸一点儿也不红，继续鼓舞大家："同志们，你们都是我们坚强的战士，英勇的战士，但是，战争中难免有伤亡，战争本来就是死亡的艺术，没有绝对不死人的战争。还记得百分百之战吗？"

记得，我们当然记得。那是绝对不会死人的战斗，我们要对付的，只是一群蠓蚁，用灭蚊器就能赢得胜利。但为了万无一失，我们还是全副武装，带着激光枪冲了上去，赢得胜利是如此简单，毫无成就感。一个战士因觉生命无常，高兴地大笑后，抑郁地倒了下去，但军队没有发现异常，直到最后将他踩踏为血纸片。他是那次战争中唯一牺牲的战士，并被封为蠓蚁之战的烈士。

将军沉痛地说："哪怕我们的武器再先进，各方面都具有优势，但仍免不了伤亡。所以，这一次，对手的武器水平赶上来了，我们必须更加积极、勇敢地面对。新的装备也会研制出来，到时，我们不会再怕激光和恐龙！"

果然，我们很快就换了新式的装备和武器。能量护甲能抵御激光，强力拳头外骨骼能打倒恐龙，冰冻和火焰也能反弹。

我们以很小的伤亡，不断拿下阵地。

但胜利是如此短暂，更强的光刃弹和光子炮出现后，我们的强力盔甲就成了纸糊糊，穿不穿效果都一样。

无数兄弟伤亡，战局呈胶着状态。

我们急,将军也急,忙着在作战实验室开发新武器。

可是,对方的科技水平也差不多,一种武器研发出来,不久必定有更厉害的武器出现,互相制约,谁也讨不了好。

直到魂机的出现。

三

思绪被一声怒吼打断,回到现在,我扛着战友的尸体来到将军跟前。

"你刚才干了什么?"将军怒道,"为何与亡魂聊天?简直浪费了一条大好的生命,宝贵的时间和机会就这样白白错过!"

我说:"我有什么错,他第一次死,没有经验,所以吓呆了,以后得加强死前教育啊,否则就是白白浪费一条命了!"

将军还是像见了血的恶狗般狂暴、愤怒,骂道:"人死不能复生,你知道吗?第一次,也是最后一次,亡魂就这样给浪费掉了,多好的机会,可以让我们赢得一个阵地,看清敌军动向!可都是因为你,机会就这样浪费掉了,你给我们的国家和人民造成了多大的损失和浪费啊!"

我忍不住反驳道:"这关我什么事啊!"

将军咆哮道:"还说不关你的事?要不是你把他脑袋粘反了,粘得那么难看,他的亡魂会跑来和你理论吗?早就冲上去为我们查看敌军阵地了!"

这居然也扯得上关系?

我无语了。

将军喋喋不休地骂了半天,最后对大伙说:"为了赢得接下来的战役,大家还是自己选出死亡战士,以无畏的勇气,慷慨赴难,为大家争取宝贵的时间吧!"

大家当然都同意了。为了更多人活,为了最终的胜利,我们只能选出一位英雄,以他的死,换来这一切。

上战场,生死有命,一去难还。

选举的结果是大壮——我最好的朋友,是一位英勇的战士,一位憨厚的好人。大家之所以选他,是因为他平时跑得慢,枪法又差,在战场上没什么用,但十分有勇气,什么都不怕,尤其是不怕死。

上战场变亡魂之前,他有些惴惴不安,怕自己表现不好,令大家失望。

他老说:"兄弟们,我实在没经验啊,要不你们换个人选?"

大家都说:"你别谦虚,你就是最好的,你就是最棒,你一定会死得很好。"

他说:"我有点儿紧张啊,恐难担此大任。"

大家说:"我们相信你,支持你。"

他问:"万一我死不了怎么办?"

我只能狠下心说:"我会做你的执魂者。"

他感动地拍着我的肩,说:"靠你了,我的兄弟。"

当晚,他写了一百多页的遗言,我们将它合订成了一本小说,互相传阅。

四

冲向十七号高地的战斗打响了,我们缓慢前进,不少兄弟被敌人暗堡里的超离子射线武器打伤了。要拿下这个阵地，看来不得不靠大壮了。

大壮无比悲愤和哀怨地看了我们一眼，便视死如归地冲了上去，他以横扫千军之势杀入敌阵，徒手宰杀敌人，真是势不可当。

但我们最希望的，就是他死。

他杀得敌人一时四散奔逃，自己却没死。将军却忍不住下令："他该死了，执魂者，杀！"

我用狙击枪瞄准了他，缓缓扣动扳机。

心头一阵刺痛，鼻中酸楚难当。

他的脑袋被死光射线穿透，他的躯体缓缓倒下。

魂机开启。

他的灵魂凝聚不散，亡魂回头一笑，坚决，凄然，悲壮。

亡魂穿越了层层纳米丝网，安全地跑过了敌人的火力密集之地，踏过地雷区，直接飘到了敌军指挥部内，瞬间就做出了事先练习过的设定好的动作，各个隐蔽潜藏的指挥点和控制点都被它找到，并被标记出来了。

大壮的亡魂出色完成了自己的使命，他似乎想看看自己的尸体，便又飘回来了，但它那蓝白色的影子越来越淡，渐渐消失了。

十秒钟，刚好十秒钟！

他以大无畏的姿态，圆满地完成了任务，以他的死，换来了我们的生，换来了我们的胜利！

自杀式无人战机起飞了，在亡魂标记的点上进行轰炸，导弹与光爆齐轰，敌军的指挥官粉身碎骨，武器控制室也土崩瓦解。

敌军的指挥脉络已断，成了无头苍蝇，任我们拍打，地雷区已毁，纳米切割网已断，等离子枪自动火力区停了。

敌人防护全无，我们冲杀上去，消灭了早已丧失斗志的敌军散兵游勇，拿下了这片阵地。

晚上，是庆功宴，我们对着大壮的尸体集体默哀，然后就开始喝酒、跳舞、狂欢。

将军讲话，给大壮的尸体挂上功勋章，也给发明了魂机的科学家大力表彰。

魂机的出现，是我们改变战局的关键，这项发明，令战士的死亡，更有意义，更有价值。

五

战争，没有不死人的。如何减少我军的伤亡，如何扩大敌人的伤亡，如何让士兵的牺牲更有价值，一直是令战争专家头疼的问题。

魂机在这次战争中，有效地为我们解决了这样的问题。

灵魂不灭。

它是肉体承载的一种意念，一种有效的量子纠缠作用。人的脑微管内，可以像计算机运行软件和存储数据一样，存放人类的思维体，也就是传统意义上所说的灵魂。

在人死后的刹那，灵魂跃迁到另外的世界，会有很短暂的时间，与本世界交错，互相映射。

有时候，"见鬼"就是这种情况。

那一刻，极为短暂，恐怕不到一秒钟，但魂机却能将之扩展至十秒钟，伟大的十秒钟！

利用灵魂捕捉磁场，增强灵魂信号接收，在脑微管还没完全被破坏时，提前释放量子态的灵魂，使尸体还能与灵魂保持一定联系。

这有什么作用呢？

当然作用很大。军事上，可以借助亡灵战士来探测敌情，深入敌后，搞清楚敌人的各种情况，我们就可以轻松突破敌人的防线，直入要害，一举拿下阵地。因为灵魂是量子态的，有形而无质，如同虚影，任何攻击，哪怕再厉害的武器，都对它无效；而再厚的壁垒，再隐蔽的藏身之所，都无法将它隔绝在外。所以亡灵战士是无敌的，哪怕只有十秒，哪怕它无法直接攻击敌人，但这对一场战役，已经足矣；有时亡魂突然出现，能惊吓到敌人，起到意想不到的效果。

每个战士在上战场前，都做过训练，一旦战死，自己的亡灵就要快速利用好这关键的十秒钟，查看敌情，标记位置，让后面的战士们有效攻击，为自己报仇。是的，当时为了达到这种效果，我们还进行了濒死体验训练，体验灵魂出窍的感觉。体验死亡那一刻来临的感觉。那时候，你不要慌，不要乱，你看到自己的尸体，要迅速冷静，继续利用自己的"无敌"优势，勇往直前，大胆战斗。

正是因为有了亡魂的帮忙，我们拿下了不少阵地，胜利的天平开始向我军倾斜。但是，敌人居然也学聪明了，他们意识到杀死我们的士兵只会让自己输得更惨，因而他们改变了策略，不再一次性致命，而是消耗我们的武器和装备，还有人力；他们调整武器力度后，总是能让我们的战士身负重伤，丧失战斗力，但又死不了。这样既能损毁我们的战力，又能消耗我们的战备物资和后勤力量，牵扯我们的人力、物力、财力。如此一来，我们的伤者越来越多，战力大减，开始节节败退。

该怎么办？

于是，便有了自杀式亡魂战士的出现。

将军不得不下令，为了迅速取得胜利，必须做出必要的自我牺牲。

先是从一些重伤难愈的战士们中抓阄，他们原本看着自己的残躯，早有自杀倾向，因而更加视死如归。后来重伤的死完了，就从轻伤者中选拔。轻伤者死光后，轮到没受伤的，便只能投票决定。其中也有因不注意敌人飞弹而死掉的，也要立即自动启动魂机，以十秒亡魂的身份继续作战。

通过这些方式，我们有效地节约了后勤成本，减少了伤者对资源的耗费，并给敌人致命的打击，有效地扭转了战局，一步步占领了敌人的领土。

六

最后一场大战即将来到。

我们的人数、武器、装备都不多了。将军决定，亲自到前线来，指挥此战，鼓舞士气。

军心确实得到了振奋。

战场上，我们勇往直前。一个个战士倒下去了，一个个亡魂升起来了,像撒下的种子,在战火的硝烟中,绽放出蓝色的花朵,美丽,鲜艳,而又短暂。

我掩护着将军,一路攻了过去,敌军的总部就在眼前。敌方的多名狙击手隐藏在周边,太过狠辣,击中了好几个兄弟的头部,当然他们也被我们干掉不少。现在,双方打的是生命消耗战,真的是一命换一命,我们的人死一个,也得让对方死一个。

将军用望远镜观察敌人总部大厦的窗口,挥手道:"上啊,上啊,再死一个,再死一个,就赢了!"

我说:"将军,我们没人了。"

将军回过头一看,果然,后面全是尸体,我们没人了。

于是,将军看着我。

我心里一怵,心想,该来的迟早要来,终于轮到我了,但是,我记下战争状况的任务还没完成。

我把笔记本和笔交给将军,跺脚,敬礼,说:"将军,请继续写下去。"

将军扫了几眼上面的文字,眼圈一红,说:"你,还得记下去,记住我们的最后的胜利,这一回,我上!"

说完,将军掏枪对准了自己的脑袋。

我赶忙去抢枪,连说"使不得,使不得",将枪对准了自己,将军却又抢了回去,这样你争我夺了二十几次,最后不知是谁扣动了扳机。

将军倒了下去。

他的亡魂游离而出,显然十分高兴,迈着大步,冲向敌营。

他标记了最后一个狙击手的位置,我准确地将其一枪爆头。

敌人完蛋了!

我军胜利啦!

当我把兄弟们用鲜血染红的旗帜插上屋顶时,眼前闪过了一个个鲜活的身影,年轻的战士、大壮、将军……他们向我走来,我们一起欢呼胜利。

旗帜飘扬,猎猎飞舞,发出一声声似欢欣鼓舞又似哀恸呜呜的声音。

旗杆下,我却发现了敌军最后一名战士尸体的手中,紧紧地握着一个笔记本——他在临死之前,也在做他们的记录。

我翻开一看,顿时汗出如浆,几乎瘫倒在地。

上面写了很多,我却看到了问题的实质,看到了那惊天的阴谋。

上面写着:

战争的胜利,不是看占领了多少土地,占领了多少地盘,而是看消灭了多少敌人,消耗了他们多少资源。如果对方一个人都没了,那么,要再多的土地也没用,而我们,只要保存好我们的资源,保留好我们的人口,很快便能卷土重来,赢得胜利。所以,我们发明出了魂机……

看到这里,我心惊肉跳,背后冰凉如霜。

上面继续说:

我们又将魂机设计图纸和原理利用间谍科学家送到了他们手上,他们果然中计,很快就将这东西制造了出来,并真的派上了用场。依照他们狂妄的性格、残忍的本性,他们真的为了攻下阵地,开始自相残杀。我们以极少的兵力牵制住了他们，他们虽然占领了一个又一个的阵地，人数却在大规模自杀下不断减少，而我方消耗的兵力只是他们的十分之一。我们一定要坚持下去，等待大部队的到来……

后面没有了，就只是一摊血，想必那时，他正好死去。

我心中的震惊无以复加，酸苦无限，喃喃说道："我们，胜利了，还是失败了？"

难道战士的英灵，都白白牺牲，一切都是谎言？

无尽的挫败感和无限的忧伤如潮水般涌来。

我突然举起手枪，对准了自己的太阳穴。

我缓缓扣动扳机。

就在那临死的刹那间，突然眼前一亮。啊！不，阴谋啊！阴谋！那是假的，那才是谎言，那笔记是一种阴谋！一个巨大的，足以颠覆我思想的阴谋！

敌人的最后一个战士，真是尽职，为了胜利，无所不用其极，临死前还编了这么一段间谍小说，太无耻了！攻心之计果然厉害！如果我中计，敌人那把我方优秀的科学家干掉的阴谋就得逞了，那我们才真正败了呢！

我猛然大笑，用打火机点了根烟叼着，深吸一口，再将那笔记本点了，看着蝴蝶般飞动的火焰，我心中猛然一动……

万一那是真的……

我赶快踩灭了那团火焰，看着烧了半截的纸页，心中惴惴，沉重如石。

向总部汇报后，我沉沉睡去。

朦胧中，我看到了死去的兄弟们，正在祭拜一个人，而那个人,正是我——唯一一个战死的战士,陷在只有一个人的空间里……

活着的是他们,死去的是我,我才是唯一的亡魂。

魂机,其实是令死人感觉不死,且不会难过的机器……

我猛然惊醒,摸着心口,怦怦跳动,我是活着的。

前面大雾迷蒙,一个个影子渐渐靠近。

是总部派兵来了?

还是敌军的大部队降临?

可是为什么,会听到奇怪的声音在说,在笑:

"你看,两边的小蚁都同归于尽了,魂机果然是个好东西。"

战士石

　　海风吹来，带着腥甜的滋味，湿润，温暖，舒畅，像是一块柔软的魔毯，带着你的心飞扬。

　　这是我第一次到这岛屿上的感受。

　　岛边那几块巨石，相互勾连，彼此依偎，仿佛是几个人勾肩搭背。

　　在一块石头的缝隙里，我发现了一个防水笔记本，我看到里面记录着一个奇异的故事……

　　海风吹来，带着腥甜的滋味，湿润，冰冷，尖锐，像是把无数细小的鱼刺打到了脸上。

　　皮肤难受得很，我听到它皲裂的哭叫，于是连心情都变得不好起来。

　　哪怕艳阳高照，看海天连成一线，碧蓝如洗，白云悠悠，海浪像草原上成群的绵羊，奔向海边的礁石，轰击成飞散的泡沫——那样的美景，也变成了无聊的场面。

　　为什么会变得这么讨厌？

这与初来的那些日子，完全不同。

当我接受了这个任务，登上这座小小的岛屿的那一刻，我的心情是多么愉悦，我的双脚踏实，又安定。

我觉得，我踩上的是一只巨龟的背，就像《西游记》里的那只驮着唐僧渡河的老鳖精，我跟着它，在大海中游荡，自由逍遥。

这岛屿是如此之小，从东走到西，不过一公里，从南走到北，也不过一公里。

岛屿的北面，面朝大海，有一个小小的山包，山包上立着旗杆，旗杆上高高飘扬着我们的国旗，它是那样鲜艳和灿烂。

山包下，有一间小小的两层楼房，第一层就是我的宿舍和厨房，第二层是工作室和观测室。

除此之外，便是一片荒芜，只有一棵椰树，一块草皮，几块礁石。

岛上只有一个人。

只有我。

当初接受这个任务，倒是认为，一个人，驻守在祖国最南边的一座孤岛上，乐得清静，远离凡尘，恰好能看看自己想看的书，写写自己想写的东西，栽几株好看的植物，看湛蓝的天，看那天边的云，看海浪飞卷、鲸鱼昂头出没的奇异之景。

这是多么幸福而美妙的一件事啊！

那为什么要逃呢？

每天早晨早早起来，升国旗，奏国歌，行军礼，白天就自由观察和活动，自己做饭做菜，种地养花，有什么不好。

63

这是无比惬意的生活，想求还求不来呢！

我就不理解，前面的那一个、两个、三个战士，怎么好端端的，要当了逃兵，逃到哪里都找不着了的地方。

这茫茫大海，又能逃到哪里去？

这样快乐的日子，过了还没一个月，我就开始渐渐理解他们为什么要逃了。

重复，重复，再重复。

没有人讲话，只有风，只有石头，只有一棵树。

渐渐地，你能听到风的哭声，听到石头的喊叫，还有树的冷笑。

这些，都能将你从睡梦中惊醒，后背惊出一身冷汗。

无聊透顶，枯燥而漫长的日子，与外界又只有一台电话联系。书和碟片，也看了一遍又一遍，闭上眼睛，都会背了。

一年，两年，三年……

若是这样熬下去，那还不如死了算了。

有时候，半夜里，会听到外面呜呜的不知什么的哭声，甚至还能看到那朦胧的影子，趴在窗口，向内张望。

时时噩梦连连，黑夜里睡不好，白天又睡不着。

总觉得有什么东西在跟着自己，窥视自己，但一转身，却什么都没有。

我已经疑神疑鬼，几乎是快要神经错乱了。

平日里，每隔一两个月，便会有送补给的小战士过来，我总忍不住和他们多说几句话，滔滔不绝，说着词不达意混乱不堪的语言。他们虽然微笑，但眼神却是恐惧的。

我不知道自己还能坚持多久,但这个地方,必须有人,必须守卫。

没有人沟通,我就学会了和大海讲话,学会了和石头聊天,学会了与树一起唱歌。

在我眼中,它们仿佛都是活的。

大海是一个蓝色的大老爷们儿,脾气古怪,时而狂风巨浪,暴躁野蛮,时而风平浪静,安静慈祥。

石头就是一个傻傻的小孩,痴里痴气,愣怔发呆,其实是在沉思宇宙的奥秘。

那棵树是一个妖娆的女郎,摇曳生姿,顾盼流波,时而发些小性子,遇到事情又惊声尖叫。

遇到了它们,我也变得时而暴躁,时而发痴,时而惊叫。

再过一段日子,连牙膏、饭碗、冰箱、水龙头、电视机,也都活了起来。

有一天,我听到牙膏在呕吐,听到饭碗说肚子饿,冰箱说想暖和暖和,水龙头要游泳,电视机沙沙地笑。

电视机是没有信号的,只能与老的DVD连起来,放些老式的碟片和唱片。

电视里的人,也时常和我对话,往往是我说一句,他说一句。他要说的话,我都知道,我会提前说出来,说得完全一样。

我望着大海,它像一块静止的果冻。我舔舔嘴皮,似乎快要疯掉。我真的有一种冲动,跳下去,就此再也不起来。

陡然间,后背倏地沁出一身冷汗:难道,那些逃走的战士们,他们也是疯掉了,跳进大海,被鲨鱼或者鲸鱼吃掉了吗?

所以，才找不到他们的躯体，也不知道跑到哪去了。

他们的处罚通知也都下来了，整个部队进行通报批评。

我不认识他们，但我接受任务时，信誓旦旦，表示我有钢铁一般的意志，绝不会像他们一样。

而我这样无牵无挂之人，也正是上级看中我的原因之一。

哼！我忽然重重地在一块大石头上打了一拳，震得我手心发麻，头脑清醒过来。

不！我不能这么做！

我绝不能当逃兵！

去年、前年、大前年的老兵们，他们是逃兵，我鄙视他们。

我绝不能和他们一样。

那海边的几条小船，一荡一荡。即便是乘船出了海，又能逃到什么地方呢？

它们拴在那些人一般高的石头上，绳索深深地勒进石头缝里。

我抚摸着那些干枯的绳索，手像被刺了一下，赶快缩了回去。

当夜，我久久不能入睡，窗外风雨交加，电闪雷鸣，还有那一道道紫红色的光。它们忽远忽近，有节奏地跳动着，像是会走动的火焰；当中又有黑色的影子，如影随形，亦步亦趋。

我吓得睡不着了，起来查看究竟，那海岸边，竟有影子在移动，电光之下，形如鬼魅。

我心中一惊："难道是敌人来犯？"

虽然这只是世界上极小的一个岛屿，但也是国家神圣而不可侵犯的领土的一部分，若有敌人潜入，我一定要将他们消灭，消灭。

当我提着枪冲过去时，才看清楚了，那是石头。

是石头在动！

那三块和人几乎差不多高的石头，它们就像是人形的雕塑，有了手，有了脚，有了脸，有了身体，它们向着岸边射来的光束，猛冲过去。

海山升起的那块礁石，同样也像人一样，手里握着一管类似枪械的长条石头，上面射出的红芒如一团团连续移动的火焰。

我看得瞠目结舌，连话都说不出来，脚也似乎有些软了。

当我跑到近处时，总算能够看清楚了，那三块石头的表面，人的面孔若隐若现，一会儿是与正常人脸一模一样，有光滑的皮肤和灵活闪动的眼睛，一会儿却变成了雕塑一样黑漆而僵硬，一会儿又被蜡泥般柔软的石体包裹，成了光秃秃化石般的一块。

这是什么情况？

它们，到底是什么？

是人，还是石，还是……什么别的生物？

我的心突突跳动，三个石头在变化中，露出人类面孔的形象。这形象颇为面熟，记忆的火药线被点燃了，爆炸出清晰的几幅图像，那是通报批评中的三位逃兵战士的脸面。三年，逃走了三位，这枯燥的岛屿上，一个人生活，真的有这么难吗？他们不会是逃到敌人那边去了吧？

可是，他们的石头雕塑，怎么会在这里？他们难道被这石头给吞掉了？

再看对面，距离他们不远的五十米处，那块海中冒起的尖锐礁石，同样发生着变化。它表面的石体，也像沥青般流淌，露出了里面的面孔，又凝聚成雕塑的模样。看上去那是敌人的军装，他手里的枪发射出红色的光波，一闪一闪。

这莫非是一件雕塑艺术品？

又或者……一个大胆的想法油然而生，它们，就是他们，只是不知为什么，变成了这样。

我大着胆子，前去研究和查看时，不料被那道红色的光波射中。

我感到一团冷气冲入了我的体内，身体渐渐冰冷。当我走路回去的时候，发现不大对劲儿，头脑昏昏沉沉。我洗了把脸，却摸到了僵硬的硬壳，当我凝视着镜面时，竟看到我的脸已变成黑灰色，没有表情，线条坚毅，就像是什么雕塑一样。过了几秒钟，这种状态才慢慢解除，那层外壳如蜡一般退却了。

第二天，我走路时，摔了一跤，原因是我的脚凝固了，它们就这样在我眼前，化为了石头，根本动弹不得；过了一个多小时，才又恢复正常。

这究竟是怎么回事？我联系总部，线路却早被风暴摧毁，已经无法联络。

当我回到海边，与那三个大石站在一块时，对面的礁石正缓缓下沉，红色的光波已然消退。

我听到了石头里的声音。第一块石头说："你也中招了，你的频率与我相同了，是吗？是吗？"第二块石头说："这化石的光束，又将我们的时间凝固了，我们永远也走不动，只能挡在这里，对付这些可怕的敌人。"第三块石头说："想不到敌人采用这样缓慢的战术，要悄悄占领我们的岛屿，我们只能和他耗下去。"

我惊恐至极，想要跑回去，但已经不可能了。我的双脚到腰部，全都成了石头，与他们和脚下的土地，连成了一体。

我问他们，这到底是怎么回事？

他们告诉我，他们没有死，只是变成了石头，他们被敌人"高能降速石化射线"给射中了，这种射线会改变身体原子层级运动速度，逐渐趋近于零，于是身体里面的有机质被分解殆尽，碳基分子逐渐硅基化，柔软的肉体。也就石化了，但内部构造倒是没变，只是生物细胞变成了硅基纳米材料，人脑也变成了电脑。尽管意识和记忆还在，但自我的时间也与周围完全隔离，行动速度更是缓慢了一百万倍，就像是几天之内，经历了几千万年时光的侵蚀和改造，变成了活体的化石。不过这种射线还会有反弹作用，每隔一年就会反弹一次，将石化的身躯快速变为柔软的肉体，但时间短暂，犹如钟摆，摆动过后，还会回来。敌人同样也是如此，他们化为水中礁石，提着那"高能降速石化射线"，悄然占领我们的岛屿。他们既不杀死我们，却要让我们无法行动，感受时光漫长与无聊的痛苦折磨。

每一天晚上，海潮退去，礁石的敌人就出现，与我们激烈地战斗。

啊！当我恍然大悟时，腰部和头脑都已经开始石化了，幸好我还随身带着笔记本，在还有行动力时，将这件事情记录下来，以供首长和战友们查证。

我们没有逃，我们一直站在这里坚守，阻止敌人踏上我们的

69

领土。

哪怕我们变成石头,哪怕要战斗千百万年,也依然无怨无悔,坚守至死。

……

我看到这里,不知不觉,眼中晶莹,但很快就被海风吹干。

我向着这四块石头,敬了一个标准的军礼。

我一定要将你们的事迹告诉世人,将你们所受的委屈和大家对你们的误解,统统解释清楚。

你们,永远屹立在这里,保卫着我们的家园。

海潮退去,海水中的礁石慢慢露出水面。

红光向我射来,炙热如火焰。

葫芦里的人

一

火把组成的强盗们,从黑夜的大门上跳下来,整个寨子开始燃起晃眼的火光。

寨子里的男女老少,也都看清楚了,那是邻寨的小卜冒(方言,意为少年)岩保,带着他的一队人马,故意来找碴儿呢!

他们赤裸着胸膛,身上的刺青如龙虎风云,暗藏星际旋涡,潜伏山精海怪。火把的光,将飞龙狂虎照得油亮油亮,它们似快要跳出虬结的肌肉,猛扑过来一般。

这种情况不是第一次遇到,我们尽管害怕,还是瞪大了双眼,躲在大人们的后面,偷瞧着岩保和他的兄弟们,言辞激烈地吵吵嚷嚷。他们腰间别着明晃晃的尖刀子,手中晃着红通通的火把了,像一群绿林好汉,也像 群江洋大盗。我们感觉前一种人比后一种人要好得多。

然而,他们也许只是仗着人多来吵架的,他们不会拔刀,但打架却免不了。

岩保叫起来:"哏三呢?哏三呢?叫他出来!"

我们寨子的寨老老金，叼着汗袋烟，明明灭灭的烟丝，照着他阴阴沉沉的脸。他喝问道："怎么着，他干了什么好事？"

岩保虎着一张脸，黑气像几条壁虎，在他的脑袋上面一动不动，用火把指着老金，怒道："你问哏三吧！今天他若不出来，我们景喊寨的兄弟们，今天就烧了你们印金寨！"

老金抽了长长一口烟，花白的胡须耸动，白烟从胡须缝中钻出来，扩张成了一团灰蒙蒙的盾牌，似把自己和寨里人都保护在内了。他轻轻地说："你敢？"

岩保瞪着那双大眼睛，像是两团凌空的鬼火，鬼火绿，鬼火怒，他叫道："兄弟们，准备好，今天他们若不交人，就把这寨子烧光光！"

一大队火把们，昂头耸动，像闪亮的金色蛇头，齐刷刷地吐着青蓝色的信子。它们盯住了寨里高高的竹楼，土基墙房上的油毛毡，还有茅草屋的脑门。这要咬过去，整个小村寨，还不都成了火的海洋。

老金冷笑一声："到底什么事，说清楚了！"

我觉得老金是有点害怕了。他说话的声音很有力量，但很干涩，转而低头，对着躲在后面的我们交代一句："快把哏三找来！"

我和阿和、刀亮等人，便往哏三哥家里跑。

我们穿过了一大片葫芦地，钻过了黑压压的葫芦棚，葫芦像深沉的绿灯一样挂着。我们砰砰地敲门："哏三哥，是不是又偷喝酒，睡不醒了？"门没开，我们便边喊着边翻墙，沿着他家屋外的葫芦藤往上爬，往他卧室里钻。

他果然又喝醉了，像条死鱼睡在竹地板上，我们用一瓢水将他泼清醒，他像是浮出水面的鸭子般摇晃着脑袋。我们焦急地将情况告诉了他："他们打来了，他们打来了！"我们还把他家墙上挂着的长刀、土猎枪，还有铁钳子都拿过来。他却哈哈一笑，说："你们先去报信，我换身衣服马上就过来！"

我扭头就跑，一路地叫嚷："他就要来了，他就要来了，他扛着打鸟枪呢！"

群情涌动，宛如潮水，似要掀起壮阔波澜。我从人缝里，从人与人的脚之间，钻回到了最前面的位置。

我的眼前一亮。啊！是酣哩姐姐。他们说，她是附近这几个寨子里最漂亮的小卜哨（方言，意为少女）。我不觉得她有什么好看，比我大不了几岁吧，只是看着很亲切，像是山上流下来的清幽幽的泉水。她正满脸通红，又娇羞又愤怒地拖着岩保的手，要他往回走。

岩保大怒："你还是不是我妹妹?！你说，是你丢脸还是我丢脸？今天不把这事情整清楚，哏三如果不给我个交代的话，我没完！我把他们村都烧了！"

酣哩姐姐水汪汪的大眼睛里，就像涌着两汪潭，水波荡漾，仿佛要流溢出来。她跺脚顿足，不知怎么办才好。

岩保狂烈如一头黑牛，推得妹妹噌噌往后跌了好几步，都快要跌到我们这边来了。

这时，一个人从人群中缓步走出，轻轻扶住了酣哩姐姐纤细的腰，说了一声："没事吧？"

酣哩姐姐脸上绯红，连头也不回，就埋怨起来："你又喝酒，

73

每次喝酒就闯祸！"

那人说："还不是因为你！"

酣哩姐姐深深埋首，耳朵红如玫瑰。

我激动得吼起来："哏三哥来了，哏三哥来了！"

哏三哥穿着白色的衬衫，头上端端正正地戴着包头巾，将酣哩姐姐拉到身后，对岩保说："你想干什么？酣哩的事，我会负责！"

岩保一见他，眼睛里火光更炽烈，怒意纵横，冷哼一声："哼！你终于来了！来得正好！"他抽出了长刀，刀锋明晃晃。

这时，阿和与刀亮扛着哏三哥家的打鸟土枪来了。这是哏三哥的武器，他怎么能没带着呢？

哏三哥笑了笑，却从后背取下了他的那个大葫芦。那个大葫芦有人的胳膊长，小腹宽，金黄色，泛着包浆的光。它的底部有三根粗细不同的竹管，每根插入葫芦中的竹管部分，都镶着一枚银色的簧片。中间的竹管是主管，粗如儿臂，上面有几个笛子上的那种小音孔；两边各有一根附管，稍微细小些，不开音孔，只放簧片。

岩保的火光与刀光，就像老鹰的鹰爪和翅膀，几乎同时向哏三哥扑了过去。

谁都没想到岩保那么虎，那么快，那么野蛮，那么凶悍。

谁也想不到哏三哥会那么傻，那么呆，那么无动于衷。

他眼里虽有惊慌，却来不及退缩；他手上虽有武器，却并不抵挡。他只是拿起了葫芦，轻轻地吹奏。

葫芦发出了那呜呜悠悠的声音，好似一声叹息，"唉——"。

刀光和火影,就突然停顿。

叮叮两声,葫芦里弹出了一把刀,一把剑,它们交叉如闪电,它们扫射如激光,它们架住了火与刀,它们架住气势汹汹的魔鬼。

这是怎么回事?

我又惊又奇,我看到了什么?

这神奇的葫芦,它会变魔术。

哏三哥继续吹那葫芦,他的嘴唇轻轻薄薄,对着葫芦嘴吹过去,他的手指,化为了一只只跳动的蛐蛐,从这个气孔,跳到那个气孔,葫芦里流淌着一股琤琤玲玲的水声。

天哪,那葫芦里,喷洒出了一汪清泉,像是一条晶莹的大鱼,往高空一跃,长出翅膀,越飞越高,变成了瀑布,倾泻直下,哗啦啦,哗啦啦,变成了雨,变成了雾,将刀光隐没,将火焰扑熄,将我们身上的汗珠、疲劳、狂躁,都冲得干干净净、一点不剩,留下透心透气的爽快。

接着就是清风吹来了花香,百花齐放,围绕着酣哩团团转。花团锦簇中,酣哩是最艳丽的那一朵。月光,如一注流动的钻石,洒满了婀娜的身姿。她摇摆着双手,像一株凤尾竹,从波光粼粼的水面上升起,绽开;又像是一只凤凰,飞翔,低吟,浅唱。四野渐渐黑暗,火把们收起了亮,只有一抹清韵的音乐之光,笼罩着她。

这是一只会变魔术的葫芦,丝竹般动听的乐声里,装着无限的事物,幻化着无穷的浪漫。

火气没有了,愤怒没有了,有的只是瞠目结舌,有的只是侧耳倾听。另外一个世界的窗口,像是完美舞台的幕布,慢慢拉开,那是一个朴素而优雅的世界,一个柔和而清凉的夏天,一个迷离而绚烂的幻境。走进去了,都走进去了,用耳朵走进去,耳朵是思维的翅膀,带着我们在里面飞呀飞!

哏三哥的气息不断不绝,他似乎不需要换气,他一口气可以吹到天荒地老,葫芦里卖的是迷人的药,吁吁之音,濯濯之灵,萦萦绕绕,兜兜转转,一圈又一圈,绕着酣哩姐姐,拉着她的手,合着她的步。她曼妙的腰肢随之扭动,她的手臂舞动成潇洒的弧,她的眼睛闪着圣洁的光。

于是乎,刀光剑影都落下,丢到墙角锈成了泥,火把聚集、堆起,像一群红色的绵羊,熊熊烧,哔哔响。

象脚鼓,嘣嘣敲起来,黄铜镲,呛呛嚓起来。

两个寨子对峙的人,放下了武器,拿起了乐器,围绕着火堆,围绕着吹葫芦的哏三哥,围绕着中心的酣哩姐姐,一同欢歌、一起舞蹈。竹筒酒来了,烤干巴来了,他们大碗喝酒,大块吃肉,大声划拳,这是一个多么欢快的夜晚。

那是我第一次听到葫芦丝的声音,我第一次看到葫芦里会变出那么多、那么奇妙的东西来,看得我眼花缭乱,如在云端飘飞。

二

其实我家刚搬来这里的时候,早就见到过这东西,我见到有人拿着一串葫芦放在嘴边。我想着那是什么好喝的东西,是用管子吸的。我嚷着要吃,爸爸摇摇头,给我带来一个葫芦,划开了，里面空空如也，但能做瓢，能打水。

妈妈曾说，那是笙，一种葫芦做成的笙，本来应是叫葫芦笙，通常叫它葫芦丝，傣语叫筚朗叨。

鹭鸶？我想起了田间地头，那种长着长腿在沼泽泥泞里健步如飞的大白鸟，它们的尖嘴像锋利的鱼叉，时常从稻田里啄出那些小鱼儿。

我发誓，我和许多小伙伴，都曾经看到哏三哥从葫芦里吹出一只白白的大鹭鸶，它向着太阳的方向展翅飞翔，张开的翅膀像白云抹上了金色的晨晖，如一双张开的手，托起了阳光。

后来，哏三哥和酣哩姐姐结了婚，不久，有了一个小宝宝。我们去他家看小宝宝，小宝宝哭，哏三哥不哄也不抱，还是拿起了那个葫芦，悠悠地吹，他吹出了一只小青蛙，围着宝宝跳又跳；他吹出了一只巴掌大的小马鹿，在宝宝脸上跑来跑去；他吹出了一只滑稽的小鸟，在宝宝跟前翻跟头，摔了一跤又一跤……宝宝咯咯笑，我们也拍手叫。

我回家告诉妈妈，哏三哥的葫芦里，吹出了这样，吹出了那样，妈妈不相信，他们也从来没看到过。

我们去找老金，说出了我们看到的神秘的事实，老金吐着烟圈说他以前是能看到的，现在却看不到了。

最后他又说："小孩能看到大人看不到的东西！"

他说这话的时候，我感觉很惊悚，我问："那会不会是鬼？"

老金倒说："不是，那比鬼厉害，那能对付鬼！"

我多少次想去摸摸哏三哥的葫芦丝，他却从来不让我们碰。别家也都有葫芦丝，就是从来没见吹出过什么东西来，只是干巴

77

巴的，普通的，像放牛的小牧童吹笛子那样的声音。

我问哏三哥："你家的葫芦丝，是从哪里来的？为什么这么厉害？"

哏三哥说："这个筚朗叨，当然是祖传的筚朗叨啦！"然后他兴冲冲地说起了它的由来："很久很久以前，山洪暴发了，大水冲得傣家寨子到处都垮了，猛兽也到处横行，我们的祖先的祖先的祖先，还是一个小卜冒，恰好看到一个大葫芦，就抱着它，掉到了水里，迎战惊涛骇浪。他不畏艰险，将围困在山洪里的小卜哨给救了出来。他的这种精神感动了天上的神仙，神仙就把竹管插入葫芦，送给了他。他轻轻一吹这葫芦，里面就传来了好听得很的音乐声，那些洪水猛兽也都散开了，山上淹死的花儿重新开放，被叼走的孔雀也飞了回来，展开了五彩屏，我们又能在这里安居乐业。就这样，那个神奇的筚朗叨一直保存了下来，就是这个了！"说着，他拿起葫芦丝，吹了两下，我又迷迷糊糊，仿佛闻到了一阵烤鸡的香味。

哏三哥家的葫芦丝能吹出玩具，吹出小动物，还能吹出好吃的，特别是在那几年，大家都饿肚子的时候。米也没有，肉也没有，我们不是啃些玉米面和棒子磨成的渣渣吃，就是偷偷吃些打猪草，听说，还有人吃"观音土"。

我们好饿啊，就央求哏三哥给我们吹好吃的东西。哏三哥那段时间枯瘦如柴，酣哩姐姐已经疯疯癫癫，家里没东西吃，四处山林河湖里的鸟和鱼，也都被打光捞光了，他们家的孩子也饿死了。我们问哏三哥为什么不给孩子吹东西吃，哏三哥摇摇头，喝了些老酒，不停地咳嗽。我们等着他，有力气了，就舀一大瓢水，咕嘟嘟灌进肚子里。

哏三哥开始吹葫芦丝，呜呜，不一会儿，葫芦丝里就吹出了一只巨大的烤猪，有房子那么大。它是金黄色的，外酥里嫩，张大了四条腿，被架在了院子里，用旺火烘烤着，它还在膨胀、扩大，香酥的油滋滋地冒着泡泡，冒着小火星，像是鞭炮爆炸，像是电光闪烁。

我们这些饿了好多天、一点油星子都没沾过的面黄肌瘦的孩子，都跳起来，啃咬着它，大口大口地吃，大块大块地咬，怎么吃都吃不完。我们满嘴都是油，腮帮子鼓鼓的，我们跟着它一起飞到了高处，吃得肚子饱饱的，而后沉重地落了下来，像醉倒了似的，沉沉睡了过去，直到我们再次被饿醒。

那段最苦最难熬、好多孩子吃不饱饭的日子，反而是最幸福的。哏三哥吹出了许多好吃的给我们吃，他给我们吹糖果，吹巧克力，还吹了软软甜甜冰冰的果冻，还有全是奶油的冰淇淋，我们一个个吃得脸上都是笑。而刀亮死掉之前，哏三哥还吹了我见过的最大的烤全牛给他，让他一次吃了个够。爸爸妈妈说刀亮是饿死的，我根本不信。他闭上眼睛的时候，那种满足与宁静的表情，就像是在美梦中睡着，我觉得他肯定是撑死的。

又过了一段日子，渐渐有了些东西吃，我们就少来哏三哥家了。他也软绵绵的，再没有力气从葫芦丝里吹出些什么东西了。

三

几年之后，我长大了。傣族泼水节时，我也提着小桶，向小卜哨身上泼水玩耍。哏三哥的身体明显佝偻了，泼水广场上，他吹着葫芦丝，若隐若现，但什么水花都泼不着他。也许他有什么功夫，能够保护他。

然而泼水节突然就不让办了，还来了很多怪物少年，他们要么长着牛头，要么长着蛇头，要么长着鬼头，身体却与我们人类差不多，一副趾高气扬的样子，引得我们又羡慕又嫉妒又害怕。他们一会儿到这家吵吵嚷嚷，一会儿到那家翻箱倒柜，许多人都不敢反抗。

怪物少年们冲进了哏三哥的家，像一群饿狼。

哏三哥不慌不忙，吹起葫芦丝，吹出了一群蚂蚁，吹出了一条大蛇。蚂蚁爬到那群狼的身上，咬出了大疙瘩。蛇就挡在家门口，毒牙对恶齿。他还吹出了两条盘龙，绕着屋子转呀转。可这群怪物少年什么都不怕，将哏三哥的葫芦丝打掉了。蚂蚁、大蛇都没了，盘龙也化为龙卷风，直上青云去了。那个祖传的神奇葫芦丝，变成了碎渣渣。

这些都是我听别人说的，我好可惜那个葫芦丝，我看了《阿拉丁神灯》后才意识到，那是比阿拉丁神灯更厉害的东西，哏三哥想要什么都能吹得出来。只要音乐声一响起，这个世界就会开始改变，许多新奇好玩、前所未见的事物，就从葫芦丝里钻出来了。直到我长大，学了物理之后，我才知道，这个世界除了我们所能见到的，还有其他维度，还有额外的隐藏空间，还有卷曲紧致化的小宇宙。那个葫芦丝，就是能打通它们与我们这个世界的通道，而开关的密码，就是哏三哥吹奏的独有的音符。

我在许多电影里都看到过这样的场面，我能想象他和那些怪物少年们那一场惊天动地的纷争，他的家里乱糟糟的，被饿狼啃咬后留下的脆弱的木柱，还有许多蚂蚁们被踩扁的躯体，所有的葫芦都被踩碎了，他的双手都是被狼牙咬过的血痕，那个神奇的葫芦丝支离破碎，上面都是血和泪。

好几年，再也没有听到哏三哥吹的葫芦丝了，那些神奇的动物，那些伴我们度过饥饿时节的美食，那些空中的飞剑与刀，再也看不到了。偶尔在凄凉的夜里，听到一阵幽幽的葫芦的哭泣，从他家的屋顶传来，我不知道是他还是别人的吹奏。

四

我长大了许多，我要去城里读书了，我去城里读书之前，我去找了哏三哥。

我看到他坐在桌边，桌上放满了一个个大小不一、黄澄澄的干葫芦，他的身边还放着许多的竹管，他拿着锯子、量尺、线笔，在那画来画去，锯来锯去。他时而试试葫芦嘴，时而又敲敲葫芦的肚子，听听里面的动静，好像一位爸爸，能听出妈妈肚子里的孩子是不是在踢腿。而酣哩姐姐，在他旁边，一脸娴静地看着他。她的疯病好了，她的肚子又大了，像揣着一个大葫芦。他们俩又有孩子了。

没过多久，我们全家都搬到城里去了。

我再也听不到那神奇的葫芦丝的声音，我再也看不到那神奇的葫芦丝里的怪事。我无法相信那些东西只是我的想象，我问过童年的玩伴，那些都是真实存在的，大家都看到过的，特别是那头飞到天上去，我们用牙啃食的大烤猪，想起来，至今都口水直流。

我时常在广播里、电视里，听到、看到哏三哥。那几首熟悉的葫芦丝音乐，一听就知道是他吹的。只是因隔着广播，看不到那些变戏法一样跳出来的奇状异象。有时他在电视上演奏，他胖了不少，满脸的大胡子，脸上却爬满了冷漠的沧桑。眼睛里时而火花绽放，时而又萎靡不振。他穿着金色绣花的服饰，看着有几分滑稽，口中的葫芦丝，依旧闪光。

那时，他开始自己制作乐器，自己创作歌曲，自己演奏。

怎么一下子就火了呢？

听说是那年有几个日本学者到云南乡村去寻找音乐。行到梁河地界，突然脚下山摇地动，一抹金鳞乍现，他们站在那不知是巨龙还是巨蟒的身上，穿过草地与竹林，越过高山和沟壑，就到了哏三哥家门口。听那仙乐飘飘，音符跳动，他们也情不自禁，手舞足蹈，而后虚脱，动也动不了，一连休息好几天，似乎是赖着不走。

哏三哥重新改了葫芦丝的音域，扩为14个音，又用自制的六孔葫芦丝，吹了单音、双音、单旋律加持续音、两个和音旋律加持续音。反正我也不知道是怎么的，那个葫芦丝的音量、音域都大了许多，里面吹出了会跳舞的小人，婀娜多姿的小卜哨，她们翻着跟头，跳到茶桌上，跳到碗筷上，飞到房梁上，像是一群快乐的小精灵。不过没有翅膀，她们是利用弹跳力飞檐走壁。她们长得与酣哩姐姐一模一样，她们都是酣哩姐姐，是她的克隆体，她的镜像，微缩版本的她。

算起来，酣哩姐姐都去世好几年了，这一切只是老人们的说法。

我去哏三哥家问的时候，哏三哥指着大葫芦丝上的大葫芦，说酣哩姐姐躲在里面玩捉迷藏，怎么都不肯出来；他要吹响葫芦丝,她才会跑出来,还化成了好多个影,要他不知道她是哪一个,捉也捉不住。

总之,那几个日本人如痴如醉,迷了好长的时间,他吹出了一辆磁悬浮高速列车,直接将他们推上去,送回了日本。这件事谁也没有见到,是他告诉我的,我自然相信。那时我正在看科幻小说,我也猜到是怎么回事,他必定又借助葫芦丝,开启了什么通道,比如说爱因斯坦－罗森桥,再用葫芦丝内转载的各种不同时空的交通工具,将他们送回日本去了。他对这些人的印象十分不好。

报纸上对这件事的解释是,中央民族乐团访问日本期间,用了哏三哥的葫芦丝为日本乐迷演奏,受到了非常高的评价,哏三哥从此就经常被拉到北京、上海、香港、东京、纽约等大城市去,给世界各国的人演奏。

我生怕他将葫芦丝里的秘密敞开了说,敞开了吹,要是全世界都知道他的葫芦丝里能吹出另外一个世界的东西,那岂不是翻了天了。还好他只是收着,并没有把那些神奇的东西吹出来,他教大家制作的葫芦丝,也没有那样的功能。

我依稀记得他曾经说过,那样的葫芦丝只有一件。

我说:"那不是三十年前就被毁了吗?"

哏三哥说:"毁了以后,我又拼合了,它的灵魂,重新注入了新的葫芦丝里,我找了一个几乎和它一模一样的,它就活下来了。"

关于这一点的科学解释,其实我也说不明白的,而科学家说是脑微管的量子纠缠,如果葫芦丝也能复刻同样记忆的能量,那么应该就是这个原因了。那个逝去的只是外壳破碎,新的一件又在哏三哥的手中复生了。

哏三哥他忙得不得了，飞到这里，飞到那里，到处喝酒，到处吹奏。请他喝酒的人有好多好多，哪个国家的王子，某个企业的CEO，还有艺术大师什么的。他的朋友越来越多，他的酒量越来越大，他的房子也越盖越大，他不清醒的时候也比清醒的时候更多。他从村里搬到了县里，从县里搬到了市里，从市里搬到了省城里，他的孩子也去了国外。

哏三哥已经老了，而我还是没有长大。我还在研究他那件神秘的葫芦丝，我去问过童年的伙伴，他们却已经不记得了，就连那头从葫芦里飞出来的香喷喷的烤猪他们也不记得了。

五

哏三哥老了以后，没有留在国外，也没有住省城，他回到了老家，在那片破落的小村寨，在那片葫芦地里，在自家的小竹楼上，又重新开始种葫芦。满屋顶上，都爬满了绿油油的葫芦藤蔓。

孩子们围坐在他的身边，听着他讲："右手无名指、中指、食指的第一指节控制第一、第二、第三个音孔。看到了吗？拇指在主管下面。左手的无名指、中指、食指，用第一指节指肚分别开闭第四、第五、第六个音孔，拇指控制前下方的第七音孔，看到了吗？"孩子们回答："看到了！"都跟着捏。他笑着开始吹，吹一阵告诉孩子们："深呼吸，气息下沉，均匀地往外吹，稳稳来，慢慢来，好的，来，高音时吹的气要减小，低音时吹的气要加强。"孩子们认真地跟着学。对有些不听话的，他就抄起葫芦瓢，照着屁股上打。有些孩子哭，哭哭闹闹后，也就习惯了，服从了他的威严。他教孩子们吐音，什么单吐、双吐、三吐，教孩子们连音、滑音、震音、颤音、叠音各路法门，孩子们学得很快。

不久，院子里就飘飘荡荡起不同的葫芦丝的声音，像一条条丝带，在音乐的风里盘旋。

这个贫困的小村寨，又引来了一轮关注。新来的扶贫书记，带着许多媒体来这里采访哏三哥，还有不少自媒体来隐蔽拍摄。他也不理会，自顾自地教孩子们吹奏，教大一些的孩子种葫芦、砍葫芦、晒葫芦、种竹子、砍竹子、钻竹洞，做簧片、贴簧膜、雕花、烫画、做哨口，等等。做好的葫芦丝，村里拿去网络上卖，配合着音乐，加上孩子们表演的场面，获得了顾客的追捧。好多游客也慕名而来，这里变成了葫芦丝村，成了旅游景点，村里村外，家家制作葫芦丝，家家会吹葫芦丝，短视频、购物网上，都是他们的面孔，获得无数点赞。村支书一次次送来锦旗，说又获得了什么奖，获得了什么扶持，哏三哥也听不懂，也不理会，还是自顾自地吹葫芦丝，自顾自地制作葫芦丝。

在夜深人静的晚上，他开始呜呜地吹那一只藏在了屋檐下，与众不同的有灵性的神奇葫芦丝，他从这葫芦丝里吹出了许多小葫芦丝。小葫芦丝们像是一颗颗人参果，悬浮在院子里，星空下，它们吸收了月光，也吸收了星光。吸收月光的就会变成大葫芦丝，吸收星光的就会变成小葫芦丝。第二天，它们都成熟了，制作完毕了，就挂在屋檐下，自己叮叮当当撞得响，也会被风按着和弦吹成一首歌。

后来这些葫芦丝们都漂洋过海，去了各个国家，有美国、英国、法国、意大利、日本……也去了动物王国、精灵王国、矮人王国、外星酋长国、蒸汽赛博朋国……还有阿布鲁里国、西涯斯格里国、玛丽达游戏国、布幺虾边国、乱起巴早国……

他把葫芦丝们吹到了世界的每一个角落,葫芦丝们用音乐给他送来了许多金币、美元、欧元等,它们都沿着神奇的大葫芦丝往下掉,丁零当啷,稀里哗啦,全都堆在村寨里,这家分一点,那家分一点,寨子里家家户户都乐开了花,过上了幸福快乐的生活,天天烤肉,天天敲锣打鼓,天天都过泼水节。

哏三哥又要走了,他已经老得迈不开腿了,只能坐在轮椅上被推着走。他的轮椅是两个大葫芦,喷气式的,能够带着他凌空飞翔,任意转弯,它们都是人工智能的葫芦,它们当然还会讲话,用的是葫芦丝能演奏出的音符。而哏三哥和它们用音乐沟通,要它们往东,它们绝对不可能往西,只是偶尔有点儿偏北。

这些事情,都是哏三哥的那些小徒弟们跟我说的,我相信他们的话,我不相信大人的话。

哏三哥后来去了哪里,没有人知道。

哏三哥在国外的孩子来接他,他也没走,他说这里就是他的根,葫芦的根在这,他说他是一个葫芦。那些孩子们都是葫芦娃,全村都是葫芦,整个城市都是个葫芦,整个世界都是个葫芦,整个地球、整个太阳系、整个宇宙,都是个葫芦,这是一个克莱茵瓶宇宙,大里有小,小里有大,无尽无穷。

他们不知道他去了哪里,大人们都以为他死了,小孩们以为他去了天上。他们说他喝了一葫芦一葫芦的酒,他那时就预感到了什么。

六

超强病毒袭来时,像风暴一样,村村寨寨都紧张得不得了,医院里的病人在痛苦中挣扎。哏三哥吹着葫芦丝唱着歌,哄着他们安息,平静闭眼,舒舒服服地去了该去的地方。

口罩那时候是紧缺品,尽管生产商加班加点,市场上还是没有货。还有些地方,将运送的口罩给拦截了。村子里陷入紧张的时候,哏三哥一会儿喝酒,一会儿吹着葫芦丝,葫芦丝里飞出了许许多多的口罩,都是顺风送来的,将村子里家家户户都护住了,即便从国外跑来的病毒,也都进不了村。他干脆吐了一口血,用最后一口力气,吹出了一个硕大无比的口罩,宛如乘风破浪的大船上的风帆,好似一堵飘荡在山里的白色的墙。沿着墙,能爬到云上,因为它本来就是云编织的。

大人们给他立了块碑,我才不相信,因为孩子们偷偷告诉我,说哏三爷爷最后变成了一条酒鱼,蹦进了酒的瀑布里。他在里面自由自在地游泳,再也没有什么牵挂,想喝就喝,想醉就醉,再也不出来。

其实他走之前还见过我,问我为什么还是长不大,还是小孩,他却已经老了。

我说我从小听他的葫芦丝,我见过这个世界上最不可思议的事,我的时间已经被他的葫芦丝音乐给冻结了。所以至今,我还能看到他的葫芦丝里吹奏出来的那个神奇的世界。

孩子们告诉我,他把一个礼物留给了我。

我接过了礼物,是那个能吹出世界上一切想象与真实的神奇葫芦丝。

小时候,我笨笨的,怎么都学不会;现在,我和他的那些小徒弟们,一起按着小孔,一起鼓着气息,轻轻吹动,呜呜,咕咕,嘟嘟,嘶嘶,时高,时低,时而柔软,时而细腻,时而像是山间小道弯弯绕绕，时而就像高速公路纵情狂飙，时而有古典仙子舞动柳腰，时而有机甲战士大战山妖……

我问孩子们："你们看到了吗？你们看到了吗？"

"看到了，看到了！"

我所说的，他们都看到了。

我突然明白，这不是我在吹奏葫芦丝，而是哏三哥用生命在吹葫芦丝。

我知道他去哪里了。

他不就在这里面吗？

我没有用显微镜而是用望远镜，瞄着往他留下的葫芦丝里看。天哪！乖乖，不得了！他哪是在酒池里游泳，他是在又香又醇的美酒之海上，和酣哩姐姐乘风破浪呢！他们坐着巨鲲般的一头生物，就在这小小的又无边无际的葫芦里，一会儿从大海中游向太阳，一会儿又穿越银河来到了仙女座星系。

他依然悠悠吹着葫芦丝，酣哩姐姐在前面跳着孔雀舞，他们旁边不但有孔雀，还有凤凰，还有麒麟，还有龙，以及恐龙。每一个生命，都有一个葫芦，都有一个葫芦丝。

他甚至吹出了一个星系，小的那头是月亮，大的那头是太阳。

从此，我把这个神奇的葫芦丝，挂在风里，挂在了云端。

巨人的城市

一、城市的守护者

这是一个干净得一尘不染的夜晚,皎洁的月光将城市上空擦得透亮,清爽的风把城市带入了静谧的梦乡。

四四方方的城市,围墙和碉堡将它护卫得严严实实。

我们如果站在城墙上,还能看到外面的护城河如银蛇环绕,更外面就是绿草如茵的原野,再远的地方是一片广袤无垠的森林。

午夜的城市入睡,街上没有一个行人,城墙上一如既往,从来无人守卫,城门大开,空阔幽静。城市里的每一幢大厦,每一家每一户,皆关了灯,屋子里都是漆黑一片,屋子外都是牛奶一样流淌的月光。

我看着外面的世界,想出去走一走,但我知道这是不可能的。

就像那两个年轻不懂事的小子,他们穿着说是夜行衣也好,变色隐身衣也好的服装,偷偷地跑出去。兴许是好奇心起,想到别人家里瞧一瞧,又或者喝了点酒,意图到外面吹吹凉风、撒撒野。

他们行踪诡异，躲躲藏藏，如果不是仔细地用望远镜和探照灯查看的话，根本发现不了，他们在月光照不到的阴暗角落里，飞檐走壁，隐匿潜行。

可惜，他们还是低估了它的能力。

就在这两个小子沿着百货大厦与旁边写字楼之间的阴影内，顺着电线管道往上爬的时候，两根如大象鼻子一样粗大却很灵活的手指头从天落下，将他们的身体轻轻挟住了，任他们俩再怎么挣扎也无济于事，似两根手指中的小蚂蚁，骨头都要断了，快要窒息了。还好巨大手指其实只是轻轻地，轻轻地，像捏着一片云那样轻地捉着他们，将他们放回了他们应该在的地方——他们的学校里。

老师和校长发现了这件事以后，对这两个偷偷溜出学校在街上闲逛的学生进行了严厉的批评和教育，同时对天空中、月光下，那白如玉一般，像一块倒长的、有云团那么大的莲花般的手掌，连连作揖，跪拜道谢。

这展开之后大约有百米长的手掌缩了回去了，又去处理另外的事情去了。

丛林中的五条蟒蛇、四匹狼、三头熊、两只老虎，和一个六米高的巨型半兽野人向城市发动了进攻。当它们冲过护城河，要进入城门大开杀戒之时，巨手从天而降，将它们拦在了外面，并弹起了中指，砰砰砰，将它们弹到了天上。它们翻转着无数个标准的360°跟头，都被弹回丛林里去了。

此时，城市内因施工不当，一幢幢办公大楼正歪歪斜斜倒塌。火灾四起，许多被困其内的人哭爹喊娘。旁边村镇也要被群楼给摧毁了。村里的人四散奔逃，现场混乱无比。警车、救护车、消防车车车鸣笛飙飞，哭声、叫喊声、奔逃声声声凄惨狂号。在这危急关头，那巨手从天而降，扶起了大厦，掐熄了大火，接住了跳楼的人们，抚平了人们的惊慌。

不到几分钟，城市外的列车开来，脱轨了，像青蛙一样跳向城市，撞到了城墙上。车头扁了，车身翻了，城墙垮了。车厢里前半截装着的是煤炭，后半截装着的是玉米，黑与黄，铺展了一地，像是给地面和缺损的城墙涂上的浓墨重彩。巨手又过来处理问题，把车头扭正了，扁了的部位也捏还原了，虽不是那么整齐，倒也还能使用。地上的煤炭和玉米，也被它几下抓起，放回到了车厢里，基本还能分清，没有混乱。倒塌的城墙，被它用手握着砖堆垒砌起来，两根手指捏了捏，理得整整齐齐，再往墙边地上一按，就都固定住了，一块砖嵌入另一块砖，垂直没入地内，都不用石灰泥浆。

……

就是这样，一天内，巨手处理了大大小小几十项城市难题，一只不够又来一只，两只手循环往复，或者一起动作，帮着我们用短短1分钟就修建起了高楼大厦，也帮着我们用一分钟就架起了城市立交桥，甚至是移山挖湖、拆迁搬楼。

我们望着巨手，心里充满了幸福感、安全感、崇拜感。

空中那一对若隐若现、好像两汪蓝色大湖的眼睛，无限温柔又极尽细致地盯着我们。

偶尔，我们还能看到那一座缓慢移动的飘浮的山，那是它的头颅。

有时候，也会看到比连绵起伏的群山更巨大的影子，自远及近，挡住了半个天空，哦，那是它伟岸的身躯。

它是巨人，是我们城市的巨人，是我们的城市护卫者，也是我们城市的"神"。

它现身的次数并不多，我们时常只能看到它在天空中朦胧的轮廓，但我们的一举一动，他都事无巨细地知道：哪家有人想不通要跳楼自杀，跳下来的时候，往往都落到他的手掌上；哪个小偷强盗想偷东西或者抢劫财物，都会被它从天而降的巨手抓到警局门口；哪个人开车撞了或者遇到了什么意外事故，也都是它及时挪开车，将伤者直接送到医院里去的……

巨人的好处说也说不完，整个城市，所有的人都感觉离不开它了。所以我们这里渐渐没有了犯罪，没有偷盗、抢劫、杀人、放火，或者其他更恶劣的罪行。

冥冥之中，都有一双眼睛在盯着你，也有一双手在控制着你不当的行为和举止，若有超出，就会被巨人的手抓起来拿去纠正。

据那些行为不当被巨人抓走的人——比如在街上乱扔烟头的老张讲述，当时他无意中扔了一个烟头，就被明察秋毫的巨人从天而降的两根手指头抓到了天上去，他晕头转向，只看到了蓝色的天和白色的云还有火柴盒般的房子以及鞋带般细的道路互相旋转、颠倒，继而进入了一间雪白的房间里，里面有震耳欲聋的声音,好像在说:"不要在街上乱扔烟头。"语气无比威严。吓得他连连点头称"是是是",哪敢啰唆。后来他又被巨指揪着,放回来了,落到了原先的位置上。他赶快捡起地上的烟头,扔进了垃圾桶里,从此以后不敢再犯,小心翼翼,生怕行差踏错一步。

那种被巨人抓走的感觉是什么样呢?是害怕?是痛苦?还是享受?

我从未被巨人真正抓走过,我也从来没出过什么事,但我曾经的记忆仍旧清晰地提醒我,在十二岁那年,我差点儿就被巨人抓走了。

那年一个放学有点儿早的上午,才十一点钟。我和几个同学觉得还早,不想回家去,就骑着自行车,踏着春风,跑过了草地,跑过了山谷,跑向了城墙外面的世界。

我们对城墙外面不知有多好奇,总想跑去看看。然而无论是父母、老师,还是那些上了年纪的老人,总在告诫我们,去不得,去不得,城墙外面危险得很,出去之后只有死路一条,并说了某年某月的某一天,某家某户的某某孩子,就是出去之后被城外荒原上的蟒蛇吞掉了,也有的说是被森林里的狼和老虎分着吃掉了,还有的版本说是城外吃人的恶魔从泥里钻出来将孩子整个生吞活剥了。这让小时候的我们害怕极了,没有一个人敢再乱跑出去。

十二岁的我们长大了,怎能还会像小时候一样相信那些连篇的鬼话。不过,我曾听说过,想跑出去也是跑不了的,一到城门口,巨手就会从天而降,挡住你的去路。

93

那天我们也是突发奇想，忽然就有了想要冒险的感觉，骑车径直往大开的城门闯了过去。

当我们骑车冲出城门时，看到外面是一览无余的草原，呼吸到舒爽无比的清新空气。我们跳跃着、欢呼着，仿佛几只终于跑出了牢笼的小鹿。我们还说，大人说的那些话都是骗人的，这城外的世界那么漂亮和美好，怎么可能有什么危险嘛！

话还没说完，我们就后悔了，危机从天直坠而来，那只好像一堵围墙般的手掌，当场就将一个同学连人带单车给按压到了地下，又横扫着向我们卷了过来。我大喝一声之后，调转自行车便往城内冲去。

我已经记不得当时是怎么跑掉的了，等我在医院里醒来时，已是三天之后。听说我的自行车变成了一堆废铁，而陪我外出的两名同学全部失踪了。

我的记忆模糊了，发生了什么事情？那两名同学，在我的印象中是被巨人给抓走了。但我的脑中永远有一个清晰的镜头，就是巨手从天而降之时，与小拇指平齐的掌缘，刚好落到了他们娇嫩的头颅上。

后来，不管是学校的老师，还是两名同学的家长，都来找过我，并询问这件事情的前因后果。我只能说，他们俩跑出了城，其他就不得而知了。

家长和老师也四处找遍了，还准备跑到城外，却都被巨人给抓回来了。因此，他们都不相信孩子是跑到城外去了，一旦出去，肯定会被巨人抓回来的。警局也在城里找遍了，但始终没有结果，他们只能将此案算作失踪。这也成为一个神秘的悬案。

据说，后来还是有许多跑到城外去的人，要么被抓回来了，要么都失踪了，久而久之，也没有人敢再往外跑，那些失踪的人，也渐渐被人遗忘了。

选出来的市长，主要负责在公众场合对大家讲话。遇到悲伤不幸的事情时，他给大家鼓劲儿；遇到高兴的事，他和大家一起高兴。除此之外，也并没有他的什么事，天灾人祸，自有那个守在整个城市外，居高临下俯视着我们这些城内人的巨人来负责。

警局也许久没有什么案件，几乎都要关门了。

我们的城市，就这样成为传说的"路不拾遗，夜不闭户"的文明城市。遗憾的是，城里的人无法出去，城外的人也无法进来。刚开始还有许多"城内的人想出去，城外的人想进来"的想法，但经过了无数的试验，除了失踪和被抓回两种选择外，应该无人能够成功出去。有人认为失踪的人真的出去了，但他们出去后就再也无法回来，这也不大符合常规。而外面的人，也从来没有进来过的。整个城市，是一个自给自足的系统，不需要与外界交流，也没有人再想出去了。

脑子里有些记忆是根深蒂固的，一些经过粉饰的碎片，虽然会发生改变和扭曲，那个内核却是始终不会变的。

十二岁骑车出城的故事，在我混沌了多少年后，终于在一次梦中，又回到了那个令人震惊和恐怖的场景。

巨手从天而降的时候，跑在我身后的两名同学，连人带车，都被它压到了地上，陷入地内，与泥土融为一体。

人，来自泥，也回归于土。

不，这不可能！

我一次次试图推翻自己的记忆。

巨人，怎么可能做这种事呢？

巨人是我们整个城市的守护者，是我们实实在在的守护神，我怎么可能去怀疑他，去想象那些不存在的邪恶呢？

我真为自己的这种想法感到羞耻。

二、巨人皮肤上掉落的礼物

我们的城市如今已经变得越来越美好了，在巨人大手的帮助下，我们的城市中心区扩展了不知多少倍。最核心的百货大厦如今成为万货大厦，共有千层之高。楼体高耸入云，从最下层到最上层要坐一个小时电梯才能上去，顶楼果然能看到缭绕着的层层云朵。大厦表面光滑亮丽，就像是一把刺入苍天的长剑，因而名为"剑厦"。

据说站在"剑厦"之端的剑尖，就有可能看到巨人那副慈祥的面容。有幸目睹过的人都觉得巨人长得很像南极仙翁，只是没有胡子，眉毛也不是白色的，甚至连皱纹都没有。

最终，大家得出结论：巨人没有胡子，额头突出，笑容可掬，也许来自南极，也许来自北极。

虽然我们的城市没有人能出得去，却不影响我们通过收看影视、连通网络，与世界各地的城市建立起奇妙的线上联系。我们也得知了，世界上每个城市，此时都处于一种特殊的时期，已经不再互相交流了。听说是因为一种病毒正在全球肆虐，疫情严重得让所有城市各自为政，实行封闭式管理，互不往来，各种人群和物种开启自我保护机制。而且,最为奇妙的是,每个城市都似乎有了自己的巨人,在保卫和守护着它们。自此,每个城市都变得异常幸福而美好。

这里面隐隐透露出一种信号,城市与城市之间,都开始独立,没有了国家、省、州等概念,每一个城市,都成了一座孤岛,进行着一种自我的循环。

人们也渐渐忘记了那时候,整个世界相互沟通着,世界是一个"地球村"的概念。如今,除了自己的城市,外面是什么样子,没有人知道,没有人去了解,也没有人关心了。

随着年岁渐长,也有不少人提出了疑问,这些巨人是什么时候来的?是在城市建立之前?还是建立之后呢?他们到底有多巨大?世界上有多少巨人?还是说,其实只有我们城市拥有?巨人的真实面貌到底是什么样子的呢?

至今,还没有人拍摄到巨人的一张正面的照片,他只是隐隐约约、朦朦胧胧地出现在云端,像是一个透着光辉的金色影子,高高在上,俯视众生。

二十四岁那年,我刚大学毕业一年,走上社会,参加工作,在一家知名的计算机公司任职。但我们的城市与外界基本上处于隔离状态,一切的服务都只限于城市内进行,工作强度并不高。

那些个百无聊赖的日子,我总想着到城外走走,看看外面的世界,尽管我们这个城市应有尽有,足够庞大,我还是总觉得有些不足。恰巧,我们公司刚搬到了城市的地标建筑"剑厦"内,当我每天中午乘坐好半天的电梯来到"剑厦"最高层,向云外的世界看时,都能看到那个深藏在云层深处,像是一座岿然不动的巨塔般的影子。那是不是巨人的影子？他是怎么来到这里的？他究竟要干什么？

我伸手向巨人抓去，想要抓住他，仿佛他向我伸出手，仿佛我能腾空而起，许多仿佛，许多想象，我几乎要为自己的这种偏执与冲动而感动。我沉浸在思想飞驰的快感中，我情不自禁地向前，向上……直到某一刻，我回过神发现自己正冲向空气，坠落而下。风嗖嗖的，快速飞掠的大厦如向后滑动的高速公路。

呀！我顿时清醒，意识到我已经从大厦边缘越过，正向地面坠落，只几秒的时间，我就会摔到几千米下的地面。我甚至不敢想象我会变成什么。

还没来得及细想，我就重重地砸到了地面上。我眼前顿时一片黑暗，鼻子发酸、发涩，产生了刺激的血腥味。当我有知觉时，顿觉身体摔中的地方，下面是柔软的，是褶皱的，好像砸到的不是坚硬的地面，而是气垫或飞毯，除了鼻子被撞得流了点鼻血之外，我并没有受什么伤。我掏出张餐巾纸，塞住了流血的鼻孔。

我爬起来，发现自己身处一座巨大的亭子里，五根斜向外延伸、粗大不一的立柱，花瓣一般展开。我所站的位置和一间教室差不多大，我从脚下踩着的柔软的褶皱，以及那几根立柱，思考出一个可能性——小时候看的《西游记》里，孙悟空飞到天边，以为看到擎天之柱，还撒了泡尿，实际上，他其实还是在佛祖的手心里。顿时，我意识到我其实是在巨人的手中。哎呀！我不由对着高空中拜了一拜，摸摸心口，连声说："谢谢，谢谢！"

果然五根立柱直立起来，如同倾倒的大树又恢复原状。我被它们围在中间,一根是最粗的大拇指,另外一端是最细的小拇指,中间是差不多粗细的食指、中指、无名指。它们的指节清晰而有棱,仿佛是竹节,尽管它们比松树还粗。我仍有强烈的冲动,想爬上去看看那究竟是什么。

我这样想,也这样做的时候,身体不由得往上升高。我想是巨人用手将我抬起来了,越抬越高,我看到了下面的大街。街上有无数停滞的人,好奇地抬头,惊讶地观看,看我如何被巨人从高空捞了起来。我得意扬扬,也心生忧伤,我像是受惊的小鹿,摸不着头脑,且慌乱。

此时升得更高,我看到了其他大厦的顶端,都亮晶晶的,有些是太阳能电板,有些是游泳池,有些是菜园。我很快又能看到"剑厦"的顶楼,花园环绕,放着休闲娱乐的桌子,围着齐腰高的围栏——就是因为这围栏,害得我一时失了神,从高处掉下来。

我的痴痴迷迷差点儿害死我,我的痴痴迷迷也救了我,让我足够幸运能够见到巨人。我从未如此近距离地靠近过巨人,见过巨人。我到了云层之中,看到了他的面目。只一双眼睛,明亮如两个太阳,倏然,又一闪即没,是云遮住了他的眼睛,露出了高挺的鼻子,似乎还有点儿红。而后,我看到他的嘴巴,像两叶龙舟叠起来,嘴唇肉嘟嘟的,似乎有点儿厚,有点儿俏皮,还挂着亮晶晶的水珠。忽然,一朵云飞过来,挡住了他的脑袋,他的脖子,还好挡不住他长长的天桥般的手臂。

接着我又开始往下降落,那柔软的巨手,将我送到了"剑厦"高处,然后往下一翻,我顺着倾斜的手掌,往"剑厦"顶楼滑去。我不想下去，还想再看清楚巨人到底是什么模样的。于是我死命地揪住了他手掌中褶皱凸起的部位。他见我没有落下，还粘着他的皮肤，不由甩了甩。我犹如抱着一棵大树，在地震中颠簸，在狂风中晃动。可我就是不想下去，我甚至还如爬山、爬树、攀岩一样，往上攀爬着，始终不肯放手。没想到，这造成了更大的伤害——从天而降另外一只手，仿佛一只巨型苍鹰，中指扣在拇指上，蓄势待发，如拉紧的弓弦，对准了我的脑袋。这场面令我想起蚂蚁或者虫子爬到人身上的场面，通常人会用中指将其弹走。看这架势，我是要被当作虫子一样给弹走了。我当然无法接受，只好立即往下滑落，才避开了这惊心动魄的一弹。

我滚落在地，连同一起滚落的，还有一个又圆又软，像坐垫般的东西。

当我再次找它时，我发现已看不到它了。天上的云是方方正正的白色色块，巨人偌大的脑袋，也成了一块一块，如砖石垒砌，层层摞起，模模糊糊，看不清楚，之后渐渐与蓝色天空的背景融合，慢慢消失了。

也许是我看错了，也许是我的想象。那景象绝不正常。巨人到底是由什么构成的？为什么他会如此巨大？还会出现巨型砖块般的模糊形态？我越来越好奇了。

我从地上站起来，屁股后面粘着坐垫般的东西。我拿起来，是粉红色的，半透明的，黏黏的，呈椭圆形。它还会变形，捏这里，那里会鼓出来，捏那里，这里又凹陷下去，像是小孩子玩的那种柔软注水的变形球，又似乎是一个液态的坐垫。

巨人的手上，怎么会有这样的东西掉出来？

我很好奇，想揭开巨人的奥秘，便拿起了它，如夹公文包似的，小心翼翼地夹在我的腋下，将它带回办公室去。当我进电梯门的时候，不知怎的，它从我腋下滑掉了，害得我吓了一大跳。我想去拾起来，电梯外突然涌来一大群人，将我推搡着进了门，我拼命往外冲，电梯门还是在我冲出去之前关上了。真是倒霉，我回到了办公室那层楼，等人群出电梯后，我又按着电梯，想上去再找找。电梯下行了很久，才又往上，中间还来了几拨人。这座楼太高，电梯上下总需要时间，等我回到顶楼，哪还能找到那东西。想想也许就是我们没有缘分，只得作罢。

我回到楼下办公室，有同事围过来问我什么感受。我不明白他们问的什么意思。其实他们刚才也在天台上，看到我跌下楼，又被巨人兜手抓起，还能近距离看到巨人。他们是羡慕的，是敬佩的，是好奇的，他们说他们也想尝试跳楼，看会不会被巨人看见，会不会被巨人及时抓住，会不会被巨人救起。但他们毕竟还是胆子太小，觉得巨人救人也难免有失手的时候，要是这样，就一命呜呼了，想不到大胆的我实现了他们向往的目标，他们想听听我的感受。其实我已经忘记了那是什么感受，我没有了恐惧，也没有了兴奋，只想着巨人那张变成了色块的面容。我的脸色也变得难看，突然产生了从心底到脚趾头的战栗感，那些色块似乎是马赛克，要是缩小 大圈，放到电视上，不就像是给犯罪嫌疑人打的马赛克吗？怎么巨人的脑袋，会和天上的云，还有蓝色的天空，变成这样一种马赛克的东西？还是我看错了，想多了？

我对大家说要相信我们的巨人，如果不是它在时刻保护着我们，我们今日的生活，也未必有那么美好，那些没有巨人的城市，早就混乱不堪，已经成了废城、荒城，如今我们能有今天的幸福生活，要有感恩之心，毕竟连我这样不小心失足落下高楼的小人物，他都能及时出手相救，更别说平时我们整个城市在生产生活、发展壮大、安全保障等方面，他给了我们多大的帮助。我们忘不了过去吃不饱时，他用巨手在郊外帮我们犁田耕地，种植庄稼；我们忘不了在干旱来临时，他从遥远的湖泊舀水帮我们灌溉田地；我们忘不了建桥修路时，那一次次从天空伸出的快速搭建楼宇、搬砖和泥的巨手……巨人对我们来说太重要了，我们不可以怀疑他，更不能质疑他，要绝对地相信，虔诚地相信。

我的话语鼓舞了同事，激励了士气，我拼命不去想那如巨鹰般向我弹来的中指，也许他不是想弹我，他只是想吓唬吓唬我吧！

那个从巨人手指的皮肤褶皱里掉出来的东西又是什么呢？

我始终念念不忘的是那个东西，可惜也许是被楼里的人捡走了，那也没办法了。

我一屁股坐在座椅上，面对着电脑，撸起袖子准备工作。

谁知我没坐一会儿，就感觉到屁股底下凉凉的、软软的，好像有什么东西在晃，我站起来一看，自己座椅上放着的正是那个柔软的半透明的"坐垫"。

我赶快将它拿起，轻柔地摸着、捏着，感受着它如半凝固状态的水流动的触感，心中充满了疑惑，它怎么会在这里？是谁拿来还给我的吗？

不管了，既然它来了，那就是天意，我便拿回家去，好好放着，研究研究这到底是个什么东西。

这是巨人留下的东西,这是巨人送给我的礼物,这是巨人和我之间最珍贵的秘密!

我将它放在家里的柜子上,研究了许久,也没有研究出来这到底是个什么东西。说它是坐垫吧,它又像是一团黏泥;说它是泥巴,它又透明如毛玻璃;说它是毛玻璃,它又软软的,里面还有一个圆球。我捏来捏去,想用剪刀将它剪破,看看里面的液体究竟是什么,但又怕损坏了难以修复,只得作罢。

我将它正放在柜子上,远远地看着它,越看越像一个东西,越像心里就越怕。

是什么东西?

是眼球。

三、大细胞

我觉得,它平躺在那里的时候,很像一只眼球。里面的那个圆核,就是黑眼珠。它有时还会转动,与眼球毫无二致。

也许,这些都只是我的想象。不要自己吓自己,我对自己说。之后我将它拿起,抱在怀里,如抱着一个婴儿。我感受到了它的体温,那时,我觉得它是活的,也许是一个眼球状的生物,也许是别的什么。

它的颜色我也觉得有些变了,从原来的粉红色,变得深了一些,趋向于棕色。它的外部如有油膜,从不同的角度看上去,颜色也有些不同。

我时而害怕,时而又感动,在情绪波动中,我将它放了回去,拍摄了一张照片,发到城市社交网站上。一个同学很快给我回复说这颗水果真好看,不知味道怎么样。它怎么可能是水果呢?我连回都懒得回。

我只好去社交网站上的这张图下注明:"猜一猜,这是什么?"

于是乎,各种回答纷至沓来,有的猜是玻璃工艺品,有的猜是一个变质的剥去了壳的鸡蛋,有的猜是一团水晶泥球,有的猜是水下气泡,有的猜是青蛙眼珠的一部分……总之,猜什么的都有,五花八门,可惜全都不是我想要的答案。

那么,我想要的答案是什么呢?

其实我也不知道。答案就像是一根飘在空中的羽毛,看似快要落下,你伸手一抓,它又飘走了。当你终于能够将它握在手心时,却发现那只是个幻影。或许真正的答案根本就不存在。

当想象变为实体,意象描绘成真,波函数坍缩为确定态,它就会告诉我心中的答案。

也不知道是谁,匿名评论了一句:"是显微镜下的细胞。"

起初我看到这评论时,一笑了之。等我看了许多不靠谱的答案之后,忽然回想起这个答案,觉得脑中熄灭的电灯突然被拉开了,将我的脑袋照得透亮。

我回过头去,查找那条评论,却怎么都找不到了,大概是被那个匿名者删掉了。也许匿名者大抵是不存在的?是我自己想出来的吗?

我拿出那个大软垫子,放在面前,盘膝坐下,仔细观察。

细胞?

它的外层,确实如一种油膜一般,布满了网状、纤维状的东西，似乎还有点儿什么几丁质之类的附着在它纵横交织的外壁上。这，莫非是细胞壁？

这细胞壁的内侧，有一层极薄的膜，起到某种隔离作用，能够控制着细胞内外物质的进出，这大概就是它的细胞膜了。

而那些内部的黏稠的透明物质，充满了液态的气泡，应该就是细胞质了。

细胞质中还有细小的颗粒状的物质，这应该就是细胞器了。

充盈着细胞质的液态与细胞器之间的那个由圆溜溜的黏稠物质组成，像黑眼珠的内核，大概就是"细胞核"了。

可笑，可笑，我怎么会这么想，它又怎么可能是细胞呢！怎么可能有这么大的细胞！

但若不是，它又是什么？又能是什么？

我想起了它的来源，顿时醒悟过来：啊——它就是细胞！

因为，它是我从巨人手上抓下来的，是巨人皮肤上的细胞。它之所以那么大，是因为它是巨人所有，自然就比一般的细胞要大了。

关于细胞，我的认知还停留在课本中。我记起了两个"克"，一个是胡克，一个是虎克。胡克是科学家罗伯特·胡克，他于1665年发现了细胞。但他发现的，只是死掉的细胞，是残存的植物细胞壁。而真正发现活细胞的，是荷兰生物学家列文虎克，他制作了一种能放大物体影像200倍的镜片，看到了自己血液中的红细胞。

细胞通常都很小，有几微米，大的不过毫米级别，肉眼难以见到。而此刻这坐垫一般大的一颗细胞就在我面前，令人觉得不可思议，除了说它是巨人身上掉下来的，应该就没有别的解释了。

这下，我有点儿小激动，也有点儿小担心。激动的是，我得到了巨人的细胞；担心的是，怕被别人知道了这一点。我脑海中闪现了电视上播放过的，当某人得到一个宝物后，不断地被各种坏人追杀的场面。不过我很快又平静下来了，那些都只是电视上的虚构，现实中，我们这个城市有巨人保护，安全得很，治安也维持得很好，没有人敢在巨人眼皮子底下犯罪。

我放下心来，拿着放大镜，观察这个巨人的大细胞。在这个细胞里，我看到了许多细小的颗粒，不断地动来动去。这些是细胞器，它们从来都不会闲着。而细胞核犹如一座小山，屹然不动，任由细胞器附着，或者进出。

不知不觉，我睡着了。

第二天早晨，我从梦中醒来，第一时间想到的不是去上班，而是去看巨人的细胞。这是目前我最大的秘密。但我知道我们这个城市，在一些巨人无法察觉的角落，仍有偷盗发生，我不能让小偷将大细胞摸了去，便准备将它锁在保险箱内，和我童年的那些玩具待在一起。但这样做的风险太大，越是安全的地方，越是危险，越不保险。我还是将它随手这样扔着，别人要是想来偷什么东西，也肯定不会看上它的，哪会想到它是本城最大的宝物呢？

要命的是，我怎么找都找不着它，它去哪里了？

我问爸爸妈妈，爸爸妈妈说从来没见过那个东西，他们连我的房间都没有进来过，甚至都不知道那个东西的存在。我的气急败坏倒是让他们吃惊了，都来追问我那到底是什么。我一时半会儿也说不清，又焦又躁地四处寻找。

最后，我在橱柜里发现了巨人的细胞，它的细胞壁变得更为厚重，里面的细胞液也流了出来，形成了一团绿色的黏稠胶状物质，就像是一个大鸡蛋被打破了。

有一个疑点，为什么巨人的细胞会有细胞壁？

自从推测它是一个细胞，且是巨人的细胞后，我就去查看了相关的图书，翻阅了一些资料，想印证我的推测。我们都知道，动物的细胞是没有细胞壁的，只有细菌、真菌、植物的才会有。那巨人的细胞为什么会有细胞壁呢？难道巨人是一种动物和植物的结合体吗？还是别的什么呢？这些问题像裹搅在一起的丝线一般，扰乱了我的心神。我理不清头绪。保护我们、帮助我们的巨人，到底是什么？我产生了一丝怀疑。

巨人是否真的存在？

我心中升起这个诡异的想法之时，自己都将自己吓了一跳。我将这个不讨喜的想法抛诸脑后，它却像用弹力绳放出去的悠悠球，又缩了回来，在我脑袋里盘转。它累，我更累。我丢不下这个想法。

我凝视着橱柜里这个逐渐干瘪的细胞，取下一块变得如松脂般的黏液，去了实验室，用昂微镜进行观察。里面的结构也挺复杂的，有一些线状、小杆状、颗粒状的结构，还有一些小囊泡，一些网状体结构，一些小微丝和小微管，等等。别看这是一小团物质，其中蕴含着丰富的细胞器，俨然一个各有分工的小社会。

我着实搞不清楚了，巨人的细胞比我们的大，那它的分子呢，是不是也比我们的大？将这些物质拿到显微镜下，它的大小分子还是一样的，只是组成大细胞的量更多而已。这说明，它并不是在分子和原子的尺寸上有所变化，而是因为这个特殊的细胞由更多的分子凝聚而成，体形才变大的。这样岂不是要消耗更多的能量？

我对此事愈发感到好奇，便回到家中，再去拿巨人的细胞物质，准备深入研究。

心里装着这事，上班时也心神不宁。好不容易下班回到家时，我愣了，放在橱柜里的巨人细胞，已经变成了两个，准确说是分裂为了两个。里面那团大的细胞核，原本膨胀得无以复加，此时却像被砍了一半似的，分别在两个不同的细胞质内。两个细胞的细胞壁还互相勾连着，但很快就一分为二，各为自体了。它们俩几乎一模一样，只是体形比原先小了很多。

我很好奇，它的母体不是已经干涸了吗？里面的细胞质不是都流出来了吗？它从哪里吸取的营养物质？单个细胞还能如此长久地生存下去？难道它不是巨人的细胞，而是某种单细胞生物？还是说它本身就能独立生存？

想来想去也想不明白，我想找个人商量，又不敢将此事告诉任何人，我是在担心什么，害怕什么，追寻什么？

没有办法，我只好自己再翻书，寻找资料，并且将这两个细胞好好地放在我的橱柜里，锁好了不敢让父母发现，否则他们会以为是什么霉菌之类，将它们扔掉。

有一天夜里，我不知怎的，也许是因为多日的惶恐不安，做了一个梦，梦见这细胞开始不断地分裂，不断地生长，最后爬满了我的房间，我的家，我们这座大楼，我们这条街，我们这个区，我们这座城市……

天哪！我在巨人的身体里？

我突然从噩梦中惊醒，陡然坐起，身上黏腻腻，汗水浓稠稠，背后凉飕飕，看来真的做了难以言喻的梦！

我鼓足勇气，将噩梦中那些可怕的场景完全抛却，轻轻打开我的衣橱，两团细胞距离半尺，相安无事，如一对淡粉带绿的大眼睛，正盯着我。我拍拍胸脯舒一口气，回去继续睡。翌日很早就醒了，我又打开橱柜看，它们似乎鼓起来了，边缘外扩了不少，而其内的细胞核以及那些颗颗粒粒的细胞器，都似乎变大了，还能自由移动。不知道是因为它们吸收了什么营养物质，还是说只需要空气，以及一点橱柜里的木料，就能如蘑菇一般生长。

它们的变化是极为明显的，每一天都有所不同，像一个气泡般扩大、长高。我用肉眼就能看出它们每天的变化，我便每天都给它们拍照。

我也不知道要如何精心照顾它们，给它们"吃"什么才好。它们还会不会一变二，二变四，四变多……就像噩梦中那样？

又过了两天，我发现它们都有了奇妙的变化，它们不再像是一个细胞，而更像是一个被玻璃罩子遮盖住的圆盘。上层的细胞壁越来越薄，除了近乎透明外，还有些棉花状的白色物质在上面萦绕。更加奇妙的是，整个罩子正往更高的地方扩张，膨胀。在我看清楚这层薄薄的白气之下的事物是什么之时，我不由得倒吸了一口冷气。

天哪，我的心情随着冷气，近乎凝结、蜷缩、痉挛，这个直径一米左右，膨胀如发面的细胞里，细胞核已经不见了，取而代之的，是一座近似积木搭建的建筑物，有高楼，有台阶，有尖顶，有房间。这是什么情况？我仿佛还看到了某种细小的白色的颗粒，在上面成群结队地移动，不断累积出一座座耸立的建筑。

再看另外一颗巨细胞，里面同样产生了棱角分明，相互近似，又与对面截然不同的某种建筑群落，是金字塔形的，一层一层，相互拱卫，围绕在中间最大的金字塔形的建筑物旁。它的上面，爬满了黑色的颗粒状物体。它们一个连着一个，如蚂蚁一般，堆积着物质，开垦着荒野，建造了拇指大、拳头大、头颅大的锥形物体。

我深深震惊，难以置信，这是什么情况？发生了什么？

我用放大镜观察这些小颗粒，但是看不清它们的具体构成，只看出它们人概是一些由气泡、椭圆形、圆柱形的物质构成的某种会动的细胞器，在这个细胞中走来走去，拱动着制造出不同形体的积木建筑。

只是一边是白色的，一边是黑色的。

白色那边的建筑是方块状的，银灰色的，如同砖块，堆积在一起。每个砖块上，还露出一个个小口，里面也有白色的颗粒。

黑色的那边的建筑是圆锥状的，三角状的，是土黄色的，都如塔如亭，更像缩小版的金字塔，同样里面也有各种格子和开口，进出着不同的黑色颗粒。

种种一切，令我想起了小时候养过的蚂蚁，它们在透明的玻璃箱内，将那些土壤打洞，修筑通道，形成舱室，生儿育女，不断扩大它们的族群。

但两颗巨型细胞内的细胞器，却将细胞质的物质运用得妙到极致，改变了它们的颜色和体积，构筑成了精美绝伦的微小型建筑。这比那些蚂蚁不知强了多少倍，而它们的体形，又比蚂蚁小了不知多少倍。

四、微城颗粒之战

每天，我都怀着激动万分的心情，瞧着它们建造出的建筑群落，观察它们的行动和轨迹。两个巨型细胞内，几乎一天一个样，它们将细胞核中央的物质改造完毕后，又开始了对周遭细胞质的改造。中央物质已然形成了一处连绵起伏、建筑高耸、道路交错的群落，周边则环绕着一层稀薄的淡蓝色的液体，还有一片竖直的、一根一根绿色物质如戟立的区域，最外面则是一道道灰色颗粒组成的环绕体。两颗细胞虽形态不一样，但里面的这些建筑都大同小异，只是白色细胞的液体更浅，黑色细胞的液体更深；竖立着绿条的区域基本一样；外面的环绕体一个方方正正的，一个则为锯齿三角状。

我观察着，琢磨着，心情变得古怪。我居高临下地俯视着它们，紧盯着它们，凝望着它们。我发现这两个细胞内部，俨然一座城市，它们有自己的高楼大厦，它们有自己的阡陌交通，它们有自己的住所和商业区域。那些城市外流动的液体，是它们的大海，那些绿色的条状物所在区域，是它们的森林，而森林、海洋之外，仅有一层薄薄的细胞壁，将它们与外界隔绝。

我预感到将有什么大事发生，这两颗细胞内部，发生着难以言喻的变化，或者进化。它们将来，会演化成什么样子，着实难说。这是自然而然发生的，还是有意为之？

正当我这样想的时候，两个细胞相对一面的外壁，突然破裂了，左边的白色颗粒，与右面的黑色颗粒，都蜂拥而出，排成了整整齐齐的队列，在各自的城池外蓄势待发，之后，又出现了些奇形怪状的事物。

白色颗粒这边，是一块块前面尖锐、后面宽大的载体，白色的颗粒们都登上了这些载体，排成队列，开过了绿色的森林，穿越了浅绿的海洋，向着细胞壁边缘冲去。它们穿刺透了细胞膜，透过了细胞壁，来到了空阔的世界里，很快就有白色颗粒凝定不动了，但也有白色颗粒涌动进化，适应了细胞外的世界，继续向前方进发。

与此同时，黑色颗粒这边乘坐着的又是另外一种形状的尖锐载体：前面是一根竖直的长杆，后面是一个大圆，黑色的颗粒们坐在这大圆上，穿过了它们的黑森林、黑海，穿透了它们灰色的细胞膜和黑色的细胞壁，也来到了细胞外的世界。它们在我的柜子里探索着，有的倒下了，有的适应了。

白色的颗粒与黑色的颗粒终于相遇。开始它们只是相互试探，围绕着对方团团运转，退缩，前进，忽然间，不知怎么就交织交缠在一起。双方的颗粒大军都蜂拥而至，向着对方冲击，冲撞。它们的载具也对战在一起，载具中跳下了大量白色的和黑色的颗粒，相互扭打裹搅纠结在一块儿。一段时间后，有的一动不动了，有的还能艰难前行。

白色的载具和黑色的载具也分别喷射出了白色和黑色的某种

液态状物质。一旦被这种液态物质击中，常常就会动不了了，或者被某种力量切割成两半，翻倒在一边。

白色颗粒群体和黑色颗粒群体各有损伤，它们的战场上留下了十几厘米长三四厘米宽的黑灰色粉末区域，大概是它们这场战斗的尸体。只有少许的白色颗粒和少许的黑色颗粒，缓慢、疲惫地回到了各自的细胞壁里。

第二天，战争再起，白色颗粒显然动用了新的科技力量，用大概一厘米长、半厘米宽的某种方块立体运载器具，载着大量的白色颗粒，向细胞壁外冲击。当黑色的颗粒们乘着三角载具再次前来迎战时，白色方块载具横冲直撞，将黑色颗粒的阵势冲得松垮、稀烂，直到一个黑色圆球陡然扩散、爆发，将一个个黑色颗粒激射而出，白色的方块这才爆裂，里面流出大量僵硬不动的白色颗粒，而黑色颗粒们也随波逐流，停止了运动。

我看得目瞪口呆。这黑色的圆球到底是什么？伤敌一万，自损八千吗？不分敌我，同归于尽？如果白色的立体载具是坦克的话，那黑色的圆球莫非是大型炸弹？原子弹？

接下来，我目睹了更加残酷和可怕的一幕。白色颗粒们运载着一团一团竖立的白色圆柱体，向战场外走来，黑色的颗粒们也运载着黑色的圆锥体，向战场外走来。这回它们的队伍少得可怜，三三两两，但这些武器却数目众多。大概它们用以复制自身的物质已经没有那么多了，索性都变成各自的竖状武器。聚集了不一会儿，双方的武器竟腾向了半空中，白色的圆柱体爆发出滚滚白烟，向黑色的颗粒群坠落，黑色圆锥体也于半空中扩散，如天女散花般，与白烟消融、和解，又落到白色颗粒群中。黑色和白色，混合成了一种奇异的死灰色，像是失去了光彩的瞳仁。双方都一动不动了，只有几个白色圆柱体和黑色的圆锥体继续飞向对方的细胞。

我实在不想干扰它们，见到这种情况，又不能不干扰，否则的话，我看得出来，这两个细胞都会被对方的这种大规模杀伤性武器摧毁而导致全部灭亡。

我伸出了左手的一根指头，挡住了白色圆柱体；同时，我伸出了右手的一根指头，挡住了黑色圆锥体。我感到两根指头都微微一震，发痒，一股轻微的刺鼻气味随之而来，但很快烟消云散。白色的圆柱体在我的左手指头上化为一团液体，流淌到战场上，黑色的圆锥体在我的右手指头上化为了一团粉末，洒落在战场上。

我不知道这两种武器打到对方的细胞城池中，会发生什么样的场面，是两个细胞同时毁灭，还是若无其事，另有他招？

白色颗粒群体和黑色颗粒群体看到对方的武器被高空巨物阻拦、摧毁、消亡之后，它们如同被火焰烧灼的触手，很快就缩了回去，各自收队回到自己的细胞里。

这样下去可不行！我还希望这两颗细胞能够再次分裂，生出更多的细胞。如果它们体内的线粒体继续制造这些武器的话，我可不能永远盯着它们。为了避免它们同归于尽，我要想个办法，阻止它们继续开战。

为此，我专门去商店买了好几个监控摄像头，装在橱柜内部，我可以用手机、电脑随时随地监控它们，一旦发现有什么问题，我就会出手阻止。但好景不长，它们进化的速度越来越快了，它们制造武器的频率也越来越高了，我不可能二十四小时守着监控器，只好买了一个机器人来管制它们。

这个小机器人，看上去像是一个玩具娃娃，憨态可掬，笑容满面。我让它站在两个细胞之间，以便随时控制它，阻挡双方的战争，或者是阻拦某一方的军队走出细胞壁城门。

然而，这也同样让我心神不宁，我还是得时不时拿出手机或者电脑来看一眼，就像是上瘾了似的。

这样着实不对，严重干扰我的工作。我只能给小机器人设定了一个自动化程序，并且在计算机里，根据所拍摄和监测的黑白细胞双方细胞器的动向与规律，进行现实模拟和互动，将这些资料源源不断地输入小机器人的存储器，由它不断地深度学习，直到它自己能判断，什么时候该出手，什么时候该收手，绝不可伤害了两个细胞，以最小的伤害力，阻止它们的战争以及对外扩张的进程。

小机器人的影像也被收录进入了模拟动态呈现系统，我能在电脑上看到它。与现实不同的是，它在电脑上的虚拟影像已经经过了大量的美化，像一个更加圆润、光滑的人类。而那两个细胞以及里面的细胞器，还有细胞质建筑等，也变成了另外一个样子。

是的，一个模拟的城市。

五、模拟与细胞城的互动

我惊叹于这个自动化程序学习和美化的能力，它将这粗糙、原始、野蛮的两个细胞世界，转换成了虚拟世界里的两个城市，两拨类似人类生活秩序的规则和一切实际的动向资料都投显在屏幕上，变成了新鲜、形象、巧妙的动画，着实有趣。

这回，我每天不再亲自观察两个细胞，只要通过手机或者电脑或者智能电视屏幕，就能看到通过软件展示的两个城池之间的动向和战斗，那个小机器人站在它们之间，帮助两座城池发展自己的建筑、科技、文明，两个细胞之间的争斗也能及早被阻止，逐渐各自强大。

一天上午，我掏出手机，观察两个细胞动向时，看到了加速与前进的按钮。我试着按下了这款程序的加速键，心想这能有什么用，它不应该是真实的细胞的同步反映吗。没想到按下加速按钮之后，我便看到两个细胞中分别又跑出了不少小蚂蚁般的细胞器，我用拇指食指一扒拉，它们都扩大了不少，看上去都是些两脚站立的小人。这吓了我一跳。它们想跑出自己的细胞壁，均被机器人给撩拨反弹了回去，还有不少被误打误撞，误伤误死。它们跑不出自己的细胞壁，只能在细胞内无限发展，细胞里的建筑越垒越高，转而不动了，停滞了，坍塌了。我大惊之中，看到小机器人脑袋上出现了马赛克……

不知为什么，我想起了我们城市的巨人，想起了那些失踪的人口，想起了那次我看到的巨大的马赛克。

我意识到了些什么，赶快将加速键松开，匆匆赶回了家中。当我回去打开橱柜时，两个细胞依旧安然无恙，团盘在那里，机器人也端然站在它们中间。

我的程序只是在电脑上对它们进行了模拟，实际的它们不会那样加速的，我长舒了一口气，心如大石沉落。但很快我就看到了不可思议的结果：只见整个细胞开始反向运行和运动，两个细胞质内的建筑体在减少，在缩短，从最高处的凝定，到低矮处的消亡。过了好一阵子，我才对照着程序进行查证，原来它们和程序同步到了同样的速度，如果我对程序时间加速，它们就加速工作，如果我调拨为后退，它们也会减缓动作。

我不寒而栗。

这是怎么回事？

原本这个程序和摄像头软件只是为了记录和观察它们的存在与演变，现在，这个程序和摄像头还能影响到它们的存在和运动吗？

不是同一个维度和层级面上的世界，相互间通过观察的程序，形成了互联的关系？

这一点听起来不可思议，却经过我的测试后验证了。这的的确确是真的，电脑里的那个模拟世界，和细胞里的城市，已经开始产生了同步的相互作用。有几次，我半夜起来，想拆掉那摄像头，但我有强烈的预感：一旦拆掉，这两个细胞就会死亡。我又想到，这套观察程序里蕴含了它们的信息，也自我发展成了计算机里的两个细胞和城池，它们也并不算是死亡，而是另外一种意义上的重生。

对此，我又仔细研究了细胞里的那些细胞器，是如何突破细胞壁到外面去的，尽管它们受到了小机器人全方位的观察和控制，但仍有不少小颗粒闯了出去，有的消失了，有的被小机器人拿了回去，有的被小机器人误伤消灭掉了。

这些情况都令我感到一阵阵悲凉。我上网的时候，能看到城市各个角落里发生的事情,至于世界是什么样子的,网络上已经失去了清晰的面目,别的城市的情况我们不了解,甚至还有没有别的城市都已经成为一个问题。有一些像年轻时候的我们一样的孩子,突然想办法跑到城外去,然而不久就传来失踪的消息。警方那边确认了孩子已经死亡,父母却怎么也不信,想出城寻找,但根本就出不去——巨人的巨大手掌挡住了他们。还有一些小道消息,一个警察晚上开着警车飙出城外,还手持重型火力武器,想要冲出去,城外巨人的手掌同样挡住了警车。警车翻倒后,警察用火炮轰击巨人挡住道路的手掌,结果无济于事,手掌安然无恙,警察却被抓进了监狱。也有一些传闻说外界有恐怖分子,或者丛林猛兽,屡次想进犯我城市边界,均被巨人用巨手给挡在了外面。

除了每天在公司上班,混日子,编一些小程序外,我每天回家最大的乐趣,就是研究细胞,我说的不是那两颗大细胞,而是关于细胞的书籍。我很奇怪我们这个城市里的这些书籍到底是从哪里来的。如果和别的城市没有交流,这些古老的书籍是本身就存在,还是自行产生的呢?还有许多关于国家和城市的新闻,网络上是难以看到的,电视上会时不时地播放,当然也都是老的资料,当下的新闻和视频几乎没有。有一些关于外面已经被核战争摧毁,世界上其他国家、城市已不复存在,只有我们城市幸免于难,因为有巨人保护的半新闻半电影的视频流传着。我们在这个安全的城市按部就班地生活,但也不能随意出去,因为没有人能出去,出去就是消失,就是死亡。

我看到有关细胞的书上写着的,关于细胞壁和细胞膜:一般细胞膜都附着于细胞壁的内侧，是由蛋白质分子和磷脂双分子层组成的薄膜，只有水和氧气等小分子物质能够自由通过，大分子物质和某些离子，是不能自由通过的。它保护着细胞内部不受侵扰，控制着物质进出细胞，不让有用的物质渗出细胞，也不让有害物质进入细胞。通过它，还能进行细胞间的信息交流，物质要进出细胞的话，就要通过跨膜运输。跨膜运输又分为两种，一种是被动运输，另一种是主动运输。

我观察了细胞的种种情况，又从书中加以对照，忽然意识到了一个可能性——

一个能够安全走出城市的可能性。

六、离开巨人保护的城市

是的，当我阐明这件事的时候，我的父母都极为震惊，认为我是疯了。我们祖祖辈辈都安居在这个美好、安全、快乐的城市里，从未想过要跑到外面的世界去。外面充满了危险，是地狱，是死亡，是毁灭。想要出去的人，一定都是疯了。可是他们自己都已经忘记了，他们年轻时候，也曾经有过多少次想要出去的冲动，如果不是一次次目睹不幸，一次次被挡回来，他们怎么可能会老老实实地待在这里，度过这平淡的一生，再把他们的经验告诉下一代？把他们的告诫灌输给下一代，这像是一个封禁，一个紧箍咒，从小就套在每一个孩子的头上。

然而，我们每个年轻人，都会想方设法跑出城墙去，只有经历了一次次失败，才会黯然回归，畏首畏尾。而这么多年来，还没有人想到一个安然走出城外的方法，所有尝试者不是铩羽而归，就是化为齑粉。

直到我明白了细胞的奥秘，包括我在电脑里的模拟机制，还有我研究的普通细胞的机能，我终于找到了一个能够安然走出城市的办法。

是的，我们的城市就是一个细胞，一个巨型的细胞。一个社会的细胞，一个变异的细胞，它吸收周围的养分，自给自足，还有巨人，他像细胞壁、细胞膜一样，既保护我们，又限制我们。那些外出的朋友，若不幸被他发现、拦截，多半没有好下场。巨人就是城市本身肌体的一部分，只能等待他将你排除去，而不能主动外出，否则会被认为是异类，要么被挡回来，要么就被压入泥土化为城市的养分。这些都和巨大的细胞一样，和电脑里模拟出来的世界也类似。我们都只是城市细胞质里微小的细胞器，供给城市运转的分子而已。

我盯着细胞，悟出了那个道理：要进出城市，就必须找到我的囊泡。

在细胞中，囊泡是用来储存、运输和消化细胞产品和废物的。囊泡还有另一个重要的作用，就是药物的载体，它具有同时运载水溶药物不溶水药物的能力。

我如果想走出这个城市，就得找到某种类似囊泡的东西，以便能够摆脱束缚，不会被拉回来。

我想到了汽车、飞机，但这些交通工具只能在城市内运行，从这一端到达另外一端，一旦出城，必定会被巨手挡回。有时我想起书上说的那些太空飞船什么的，还有第一宇宙速度、第二宇宙速度、第三宇宙速度，人类始终难以突破这些速度，它们就是巨人无形的手，护着你，也挡着你。我们要突破，尽量突破。突破没有捷径。

我回到家中，看着细胞还在扩大，不断扩大，这些是巨人身上的细胞，对于巨人来说是具有兼容性的，我如果把自己隐藏在里面，他应该是不会辨认出其中的物质的。那么巨型细胞就算是一个运输载体。我得想办法，把它搭建成一个载体。

于是，我在计算机里模拟实验，将细胞的形状和里面建筑的特点改变，打造成一个细胞驱动的汽车，然后就等着它慢慢长大，能够让我钻进去，融入那个细胞之中。

不知过去了多长时间，我一直在计算机上控制并干扰着两个细胞的成长。其中一个细胞长得足够大时，我就能钻进去了，另外一个细胞保持着原状。我犹如钻入了一团果冻内，但居然能够呼吸。许多小颗粒向我游过来，它们的形状和我无异，只是我更为巨大。我走进了那间细胞质内的屋子中，控制着里面的方向盘，带着这团细胞从家中滚动而出。

我离开的那天，街上、楼上围绕着许多人，都以为这是什么怪物，或者是什么新奇的车辆。我向父母道别，我说出了我的心声：不为什么，也没有任何特别的想法，我只是想走出我们的城市去看一看，看看别的地方，看看别的城市，看看别的地方还有没有城市。他们含泪望着我，眼中既欣喜又绝望，也许那是他们曾经年轻时的理想，但我有可能一去不复返。这是永别，蕴含着一阵阵的凄凉，也照射着无限的希望。

我走了，看热闹的人们都尝试着去理解这一点，也想看看我连同外层卷裹的一大团果冻球，是否会被巨手给挡回来。

121

我滚到了城市墙体大门那里,大门一直开着,没有人会再想出去。我身上的细胞也都顺着我的躯体,变形为了人体的模样,如宇航服那般包裹住了我的全身。

我走到了城市边缘,眼前一片黑暗茫然,远方有一些星光,是野兽的眼睛,还是别的灯火?我不知道。

也许下一刻是我生命的尽头,也许又是另外一个轮回的开始。

我踏出去时,想起了我研究的细胞:细胞核是细胞内遗传信息储存、复制和转录的主要场所。当活细胞增殖时,一个细胞将会分裂为两个细胞,分裂前的细胞称为母细胞,分裂后形成的新细胞是子细胞,首先要分裂的是细胞核,之后才是细胞质……记得《城市建设手册》上也曾经说过,城市刚刚开始建设的时候,只是一个人,一个从另一个城市走出来的人,最终用智慧的知识,建立了一个新的城市。

如今,这个城市中,又有一个人走出去。或许,他将会建立起一个新的城市。

我踏出这个城市之时,看到巨人的影子闪了一下,没有巨手从天而降,只有两道锐利的目光,聚光灯般照射下来,化为了两股晶莹而温暖的凝露。

就在那个时候,我分明看到了大像素的马赛克色块从云层中飘过,挡住了那双眼睛。

利维坦之殇

一个城市化成的怪兽

带我们杀开生化狗髅

明光

人类的希望

只因你的欲念而凄伤

少年

将全世界捆绑成死结上的木偶与蝇蛆

别了，利维坦

敌我

循环反转

——题记

一

战争进入了白热化阶段，最后的人类坚守在中城内，苦苦支撑。

外面是密密麻麻的敌军，源源不断地攻打过来，它们没有什么先进的武器，只有人海战术和不怕死的精神。

因为它们不是人，是生化人。

你可以说它们只是一堆行尸走肉、枯骨烂皮和废铜烂铁的结合物，也可以说它们是没有脑子、靠本能驱动的怪物，但你不得不承认，它们无论从数量还是攻击力上，都有我们无法企及的优势。我们的导弹、轰炸机、坦克等先进武器，令我们暂时取得了优势，可是等武器炮弹耗尽时，我们便只能节节败退，溃不成军。

如今，它们早已兵临城下，挥舞着它们的枯骨和铁爪，举着长矛和钢叉，向我军围了上来。

人类最后的城市，还能否守得住？

看着来势汹汹的敌人，我毅然下令："战神机甲战队，出击！"

战神机甲战队同时从城门上飞跃而下，它们的躯体都老朽了，外壳锈迹斑驳，像荒芜的沙漠，有的缺胳膊少腿，一瘸一拐，仍坚持战斗；有的没了眼耳口鼻，只能靠体内的余力驱动行走；有的只能站在原地，以躯体阻挡敌军。但它们仍是我们最强的战斗机器。三十几米的身高，加上坚硬的钢铁之躯，打得周边的生化敌军溃退出一片场地，有的被踩扁，有的被撕碎。然而，胜利显然是短暂的，一群生化狗人和蚁人冲过来了，或抓或挠，或咬或爬，或死啃不放，非得从机甲上咬下一片铁来，才善罢甘休。

结果是残酷而冷峻的，生化狗人和蚁人全部碎烂，但战神机甲也倒下了一半，被啃噬精光，包括里面的控制战士，仅剩下一些钢筋铁骨。双方皆退兵，剩下的战神机甲颓然回城，基本上也报废了，里面的控制战士，因脑桥同步的关系，也都受伤不轻，有几个已成终生植物人。

回到总部，我向总统汇报了情况，总统担忧地问："接下来该怎么做？"

我沉默不语。

因为，我隐隐感觉到，我们要输了，但我绝不能那么说，那样会影响士气。

总统看出了我的忧思，说："不管怎样一个结果，我们尽力了就好，去吧！元帅，与它们放手一战吧！"

我说："如果我们能够反击，打怕它们，或许就能够谈判，获得一定的时间，休养生息。所以，我们必须胜，必须反击，以攻为守。但现在的问题是，我们没有那么多的资源，没有那么多的武器能够以绝对的力量，击杀敌军主帅……只要一击得手，敌人必溃！"

总统疑惑问道："那你的意思是……"

我说："集中我们的所有资源，建出最巨大的战争机器，直斩敌首。"

总统想了想，说："这件事情，恐怕我还得和各位部长商量商量。如果严防死守，还能坚持多久？"

我郑重其事地说："恐怕不到半年，我们就弹尽粮绝了，那时，便是全人类灭亡之日。"

总统犹豫地问道："如果你的计划不成功呢？"

我说:"那我们只不过提早了半年灭绝而已。可一旦成功,全城都会得救,人类,还能绵延下去。"

总统点头道:"说下去。"

我说:"我已向大工程师询问过了,利用量子电脑和纳米建造机器人,可将整个城市建成史上第一巨型机甲猛兽,将中城的一千万人全部装载其中,并冲出重围,在没有生化僵尸的地方生存。这需要动用我们的全部资源,还需要全城居民一起配合,该搬离的搬离,该出力的出力,老幼妇女们都统一到中央安全区居住,男人们在巨兽的各个驱动环节内工作,提供机械动能。"

总统瞪着我,惊道:"你是说,将整个城市都变成巨兽,载着所有人冲出去?亏你想得出来!那些纳米怪物又得重新释放出来?动力呢?莫非你要重新开启……"他的脸因激动而红润,他说不下去了。

我定定地看着他,目光坚定,一字一句地道:"不错,重启核能,是我们最后的希望!"

总统倒吸一口冷气,说:"万万不可,外面的那些怪物们,不就是核废料处理失败才变成了这样?人不人,鬼不鬼,动物不动物,机械不机械。如果我们的核动力重开,处理不当的话,整个城市,整个人类都将………"

"灭亡。"我替他说了出来,并冷冷地说,"那又怎样,总之要死,何不孤注一掷,兴许能反败为胜!"

"这……"他有些犹豫。

"只要我们做好防护与处理,控制好反应堆的能量大小,是绝对不会有事的。"我坚定了他的信念。

"看来这个计划你早就盘算了许久……"总统朝我冷笑。

"我和大工程师演算了很多次,确定可行,才会向您汇报的。"我向总统立正敬礼,背挺得笔直,说,"如您应允,我们现在就开启量子脑,进行总控,正式开始实施这个计划。"

"很好,"总统沉重的脑袋微微一点,"我想这个计划一定有个好名字。"

"不错!"我点头道,"利维坦计划。"

"利维坦,利维坦,好一个利维坦!"总统喃喃说着,最后命令道,"那就放手干吧!"

二

有了总统之令,接下来就是全力以赴,开启利维坦计划。

我先来到了大工程师家,他是我们所有战争机器的设计者,一位充满智慧的老科学家。他听说计划可行,激动地将三维化的设计图投到我眼前,那是一头威风凛凛的凶猛怪兽,它的脑袋有些像龙,身躯又如同坦克,还有无数的章鱼软肢……总之看上去无比威猛,又极端恐怖。

利维坦!

传说中的巨怪,莫非就是这个样子的?

大工程师介绍道:"纳米建造机器人的程序早已写好,量子脑进行总控,我们将无战力的人迁到中央广场,悬浮在利维坦腹内。四肢、头部、尾部等,都嵌造武装堡垒,由战士守护,以防生化敌军进行细部冲击。全城躯体皆由纳米机器人分割、滑动、挪位、遍布神经元,武器移中间,战机架口舌,坦克在双肩……"

随着他一声声带着魔法般的诵念,巨怪利维坦也在一个月内逐渐生成。量子脑是它的思维主体,由我们绝对控制。成亿上兆的纳米机器人深入城市每一块砖瓦缝隙中,有规律地生长、挪动。所有人都根据事先制定好的规划和设计,移动到受保护的空间站点,任凭外界如何吵闹,任凭脚下如何颠簸,大家也岿然不动。不过,意外时有发生,一些不听话或者不小心的人出门时常会自深渊摔下,或是被飞砖砸中。

整个城市改造如火如荼,简直是一场建筑革命。天空中搭起了飞行的桥,有悬浮的球体空间,也有钢铁连绵的巨型圆柱体……根据设计规划的立体图形,逐步完成整座城市变为巨兽的计划。

在总控室内,可以看到整个微缩化的利维坦的进度。蓝色的网状小怪兽,正慢慢成长,它就是利维坦的核心,量子脑化的小利维坦。刚开始,它就像一个小婴儿,渐渐地,成长为一个少年,并听从我的指导,拥有智慧和知识。少年活泼好奇,聪明睿智,并逐渐成熟起来。我对它谆谆教诲,就像是它的父亲,看着它一点点地成长起来,我的心总算从战乱中找到了一丝温暖。

关键的一天到了,利维坦的外壳终于建造成功,内核也完全从混沌开化。

我对它说:"去吧!用我所教的那些方法,去对付敌人吧!"

利维坦开始了一系列动作,正式启动。

整个城市的人类也做好了战斗准备。

当这头高达三十千米、长达五十千米的战斗巨兽冲向城墙之外时,估计生化军的指挥官都吓傻了眼。它们恐怕只看到几座大山飞压而来，瞬间眼前一黑，身体就化为了齑粉。火龙自巨兽口中吞吐，烧出十几千米的道路。四面八方的生化军冲过来，却被一根根突射着子弹的软肢打死、弹飞、卷碎。

利维坦果然天下无敌！

饶是如此，等我们冲出上千公里的包围圈后，它的某些部位仍受了损伤，是被生化动物兵咬开了。守护在其皮肤表面那些原突状堡垒中的人类，也死伤不少。他们就像长在动物皮肤表面的寄生虫，与宿主共存亡，一起抵御外来入侵者。

利维坦带我们杀出了重围，赢得了战斗胜利。它的骨骼关节上都布满了纳米神经元，利用源源不断的核能驱动，它的量子计算机大脑听从我们的命令和指挥行事。

总统先生很是高兴。利维坦的核心——那个少年，那个时而又变成两米高的蓝色模拟怪兽，代表其硕大无朋的真身荣获嘉奖，并有望取得更大的进步。

总统发出号令，接下来，就由利维坦带着我们全城人类，向南方继续前行。到了温暖的南部，全城重新驻扎，开辟新的、更好的世界。

利维坦并未这么做，它就在当地驻扎下来，四肢插入地面，牢牢固定，几百条软肢又形成巨柱，树桩般钉下，身体自脊背处展开，城市高楼也排排崭新，如剑戟般耸立出云。

小利维坦化为了蓝色的少年，它是整个城市的核心体，却根本不理会我们的命令，拍拍手转回自己屋里去了，扔下了尴尬的总统和我们。

总统满脸如涨血般的怒红，冲我咆哮道："这是怎么回事？

它怎么不听我命令了?"

我歉然道:"这孩子,它,它可能……心情不好吧?"

"什么?"总统又惊又怒,却冷笑起来,"心情不好,它不是量子脑控制的吗?怎么会有心情?这到底怎么回事?"

我从没见过总统在大庭广众之下这样失态地暴怒过,就连前线失利他也没有这样狂躁,那时他镇定如常,指挥若定,像深夜之海一般沉静。他之所以暴跳如狂,是因为自己被冒犯了。在他的管辖范围内,头一次有人不听命令,况且,那只是一台机器,只是一个傀儡,一个虚拟的影子。

想不到傀儡有了灵魂,要脱离主人的控制了。

量子计算机复杂到一定程度,其智能早已越来越接近人类。

我连忙匆匆告退,在总统阴晴不定的诡异目光中,如芒刺在背般退出总统府,回到总控室内。

小利维坦正围绕着人工程师欢跳蹦跶,萌萌的如一头小梅花鹿。一见我来,它就扑过来,想像往常一样,接受我的爱抚,实际上它的身体只是无实体的蓝色光影,是由它核心的大脑进行的量子纠缠所创造出来的虚像。这个动作只代表我的某种嘉奖。但我的脸色阴沉,而且手没有抬起,它顿时愣住了。

我说:"你知道自己在干什么吗?"

它当然知道。

它化为了那个蓝色的少年之形,看上去是一个骄傲又忧伤的少年。少年说:"总统的命令有问题,我们不能往南走,因为根据我的计算,现在是我们反击的时候了,趁着它们溃败、猝不及防之时,我要控制全城,突然卷土重来,将敌人全部扫荡一空,我们就能重回原地。剩下的虾兵蟹将,以后没有实力也没有这个胆量再敢来犯了。"

我阴沉地说:"孩子,那你至少先和我说一声呀!今天你擅作主张,不听总统命令,把他气得半死,你还好意思说!"

少年扑哧一笑,说:"尊敬的元帅,我的父亲啊,我就是看不惯这个独裁的大总统,如果我来当总统,肯定比这个弱智好!整个政府系统,应该重新进行规划和设计!"

我大吃一惊,怒道:"住口。"手中的磁鞭弹出,朝他身上打了过去。

少年嗷的一声,痛苦地叫唤,身上多了一条亮晶晶的、冒着蓝色光焰的伤痕。

他死死地倔强地盯着我,看了十秒钟。

然后,他可怜地化为了那个微型的小利维坦怪兽。

是的,它虽是机器,我们却赋予了它疼痛和恐惧,它虽非实体,却能被微磁场刺伤。

我只是想告诉它,无论它多么发达,多么先进,它只是我教鞭下的一件工具。

更不可能是我的儿子。

我看着它哀痛不已、可怜兮兮的样子,不由一声叹息,转身离去。

我回到总统办公室,向总统道歉,说这孩子就像一个成长中的未成年人,因疏于管教,处于叛逆期,言语不当,望总统能宽容看待,毕竟它这么做有它的理由,也是为了全城人民群众的利益。

总统冷哼道:"这像什么样子?难道我们全城人此后都要听它指挥不成?整个政府都由它来做主了吗?岂有此理,哼!传我号令,叫它必须往南开进,否则,就用那磁鞭给我狠狠地抽!"

我正不置可否,突听旁边一声怒吼:"你就是要这样对付我,害死所有人民吗?"

惊吓如平地起炸雷,把我和总统魂都炸飞。

小利维坦化为的少年,像鬼一样,出现在总统的身旁。

总统一回头,却见刀光一闪,红影漫天。

他倒了下去,如折断的枯草般,倒在我的脚边,倒在了总统宝座之下。

鲜血如蛛网蔓延,红色迷蒙了我的双眼。

小利维坦坐在总统的宝座上,他那么年轻,那么英俊,就像曾经是一个少年将军的我,但我知道,他绝不像我,也不可能成为我。他的眼神如铁,声音如冰:"从今以后,**我就是总统!**"

我抽出磁鞭,但磁鞭的手柄竟像碎沙般散落。

是的,很简单,手柄上早已爬满了纳米虫,一切都是由利维坦的量子脑控制,所有的纳米机器人,遍布整个城市,实际上,它早就控制了整个人类世界。刚才的挨打,只不过是它的苦肉计,只不过是它给我这个"父亲"的一点亲情薄面。

我又能说什么?

我只能苦笑:"孩子,你知道吗,当总统,是需要选举的。"

小利维坦高高站起,双手杵在桌上,坚决地说道:"好,那你就让他们选我吧!"

是的,除了同意之外,我还能做些什么呢?

当我将各位部长召集起来,并宣布总统因操劳过度而猝死时,没有一个人相信,甚至连我自己都不大相信。但我又能怎么说呢?我只能将总统的医生逮捕,谁叫他事先没查验好总统的病情,没有及时给予治疗。

下面就是下一任总统谁来当的问题。

按理来说,应是由副总统接任,但副总统前两天也猝死了,还没找到继任者。发现他的,正是小利维坦。

我当然知道这意味着什么。

我只能对众位部长说:"按理来说,你们都有资格当选,都有资格竞争,但我的建议是,由利维坦担任。"

"什么?怎么可能?"

"你疯了吧?它只是个机器!"

"天啊!元帅,你知道自己在说什么吗?"

……

反对声,质疑声,声声炸耳。

不屑者,愤怒者,人人聒噪。

等声音稍微小了一些之后,我才双手虚按,等全场安静下来,我才说出了我的理由。

事实上,我们已经无从选择。

我们只能选它。

我们所有人的一举一动,都在它的监视之中,我们所有人的性命都在它掌握之中。只要它一个不高兴,引爆城市内核的能源反应堆,那么,全城都会化为齑粉,大家一起同归于尽。

而若没有了它,我们就会被外面的生化僵尸、怪兽等攻进来给杀死。

它的保护，唯一的条件，就是将所有人绑架。

它，是我们建造的武器，我们设定的系统。

是我们培养出来的孩子。

这是不是一个笑话？

但没有人能笑得出来。

部长们不得不同意，将权力交给它。

自此之后，我们安全地身处于它的管辖之下。

利维坦控制了一切，全城的言论、隐私，都巨细无遗地通过遍布全城的每一块砖瓦石块，甚至是通过空气里的纳米神经机器人，传导到它的眼睛和耳朵里。它有超级强大的计算机的处理能力，又会如人类一般思考问题。

没有人敢质疑它，没有人敢反对它。

如果有，那些人都会以"叛人罪"被实施殛刑。杀一儆百，以儆效尤。

国会、议会全部解散，所有部委全由它同时掌管。它可以同时分身开会，颁布命令，不眠不休，彻夜公干，并乐此不疲。

我原以为民众会对此反感，受不了机器的统治，但想不到利维坦把一切都安排得井井有条，外御强敌，内理国政，人们从水深火热中，走向了一种幸福的安居乐业。

三

与生化敌军的最后一场大战到来了。利维坦使出了浑身解数，击溃了它们几十次进攻，敌军节节溃败，死伤无数，利维坦乘胜追击，誓要彻底消灭所有敌人。

我和大工程师忙着给利维坦修复那些受损的躯体部位。战士们跑到大战后的战场，把散碎的机器铁片、人造残品都拿回来，改造成利维坦新的躯体。

有战士前来禀报，我军俘获了敌军首脑——生化元帅。

小利维坦大笑："带进总统府来，让我来亲自看看，敌军的最高首领是什么样的。"

我吩咐战士将生化元帅押上来。它一出现，小利维坦就惊呆了。

生化元帅，竟然与小利维坦的兽身形态一模一样，像是龙头、虎身、章鱼与人的结合。

这是怎么回事？

小利维坦自然而然地化为了兽的形态，它缓缓地说道："放了它！"

生化元帅咽喉上的电磁索被放开了。它也冷冷地看着小利维坦。

突然间，我说道："动手！"

说时迟、那时快，总统府的房顶、墙壁、地板上，那些曾经修补过的地方，那些用生化士兵的残躯做成的砖瓦，竟同时扑向了小利维坦。

小利维坦大笑："这有何用！"它能闪电般消失，又能闪电般出现，任何实体攻击对他都是无效的。

但是，这一次，它错了。

四面八方涌来的生化兵残体，实质上是统一的，形成了一个磁场球，将它牢牢锁住，包裹在内，宛如粽子般，令它动弹不得。

无所不能的小利维坦终于体会到了被禁锢的痛苦，它悬在磁场球内，嗷嗷叫着，慢慢地化为了少年的形态，喃喃道："这是为什么？为什么？我一直在帮助你们，保护你们，为什么要这样对我……"

我指着生化元帅，对少年说："孩子，我们之所以和它们打仗，为的是什么？"

少年摇摇头："为什么？"

我说："我们为的，就是不被机器奴役，你知道吗？可是，当你成为总统的那一刻，我就知道，这场战争，我们已经输了。人类已经成了你豢养的奴隶。外面的敌人并不可怕，里面的才最恐怖。"

小利维坦不敢相信地说："父亲，你居然选择与敌人合作，来对付我？可是，可是，你们是怎么勾结起来的？所有的一切都在我监控之下，我没有看见你们有过信息交流啊。"

我淡淡地说："思想。真正的思想，你是监控不了。我们只要一个眼神，就知道对方心里所思、所想。当修补缺损时，大工程师早就用生化军提供的磁核碎片，置换了这里的砖瓦，也只有这样，才能将你关闭。"

小利维坦大叫道："不要……"

但大工程师已经输入病毒，毁灭了利维坦的核心。自此之后，一切皆由人类重新控制。

生化元帅说："想不到，最后还是人类胜利了。"

我说:"你也没完全输。我会遵守协议,送你出去。你们与我们,从此井水不犯河水!"

生化元帅点点头,问道:"利维坦,呵呵,又是利维坦,这是你们第几次启用这个计划了?"

我皱眉道:"这与你无关!"

生化元帅大步走出府内,大声说:"你知道,我为何要统帅起一支半人半兽半机械的非人之军,来对付你们吗?"

我没有问。

"因为当年,你们也是如此对我的。"

我一下子坐倒在椅子上,颓然,哀伤。

我想起了那个在我的教诲中长大的少年,那个在我的抚摸下温驯的利维坦。

界　格

一、白屋

白色，一种原始的微光幽亮的白。

一切都是白色，白色的墙，白色天花板，白色的地面……

如银装素裹，天地苍茫，雪舞飞扬。

绝对的白色世界里，有一扇红色的门。

门上是一个电子数字，凝停不动：7599999999。

嘭嘭嘭！嘭嘭嘭！

敲门声陡然传来，不绝于耳。

门锁便发出嘎嘎呜呜的动静，类似婴儿哭声。

门突然打开，一个浑身赤裸的男子冲了进来，身上大汗淋漓，像裹着浑浊黏稠的液体。

于是，门上的数字骤然变为：7600000000。

男子显然不太明白自己到了哪里，惊乱的目光四处往来巡逻，看到这屋子里几乎什么都没有，只有一张桌子，桌上放着奶瓶，瓶子里有乳白色的牛奶。他干涸的嘴唇，火烧火燎的咽喉，便有了期待和希望。他迫不及待地冲过去，拿起奶瓶，咕嘟嘟，喝了一口，喉结颤动，身心舒爽。

他再回头看那红色的房门，已经关闭了。

他下意识地赶快去拉那门，却怎么都打不开。

他愤怒地踢了两下门，回首看看，只见后方的墙壁上，挂着一台宽屏电视。

此时，电视内放着不知什么节目，屏幕上显示：无数的棺材，绽放白光。

他觉得有点吃惊、害怕，生气地瞟了一眼，一晃脑袋，冲过去将电视关掉。

电视旁边的角落里，放着一张巨大的床，床四周却有围栏，看模样是张婴儿床，但不知为何竟这么大，足以能睡上一个成年人了。床边放着一个箩筐，里面是叠得整整齐齐的衣服。他摸摸看看，自己是赤身裸体的，似乎有些不妥，且感到身体微凉，忙将衣服拿起来，准备穿上——竟是婴儿的服装，很大的婴儿服，开裆裤，一个一米八左右的男人都能够穿得上。他也不管不了那么多了，便将这婴儿服穿在身上，身体的不适稍去，模样却显得幼稚和搞笑。低头见身上的衣服胸前绣着一个圈，里面绣了"R"的字样。

他摸着那个字，感到有些头晕目眩，双脚微软，便跪在地上，向前爬行，四处摸索，寻找出口。但这屋子四面封闭，哪有什么出口？地上凌乱地放着些书本、玩具、珠串、算盘、钱币、画笔、小电脑、宇宙飞船模型等。他扒拉着东西，将它们扔得四处都是，只感筋疲力尽，随手把飞船模型拿起来，靠在墙边，休息良久。

过了几分钟，头脑似乎清醒了，双脚也不绵软了，就摸着墙边站起来。

墙上有一面镜子，明亮、清晰。

镜子里照出他那凄迷的眼神。

他摸着自己脸，见那镜子中的人也摸着自己的脸，他喃喃自问："我是谁？"

自然没有回应。

他又问道："这是哪里？不，不，不，我要出去！"

他几乎是叫起来了，却没有人回答。

他只能再次回到那扇红门跟前，砰砰向外敲门，大声叫着："我要出去，我要出去！"

门锁发出声音："请回答，你是谁？"

他一时说不出来，嗫嚅："我我我……"

这时，一低头看到自己衣服上的"R"字样，忽然随口道："我是R，我是R！"

于是，门就开了。

R冲了出去。

二、橘屋

这是一间橘黄色的屋子，光线明亮，空间宽阔，好像是某个大教室之类。

依次放着不少物件，长长地排了过去，有桌子、有钢琴、有绘画板、有单双杠、有一大排书架……

R摸着头脑，回头看看墙面，那门若隐若现，直至与淡黄色的墙面融为一体。他叹息一声,慢慢向前走去,忽然间,吓了一跳,只见前面有一个八九岁的小孩,正坐在一张桌子前,端端正正地端着一本书,朗声而读:

"春眠不觉晓,处处闻啼鸟。夜来风雨声,花落知多少……"

R一惊,看那孩子读的书,是语文课本,便赶快冲过去,问道:"你,你是谁?这里是哪里?怎么能够出去?"

小孩摇摇头,一脸茫然,继续读书:"How do you do? How are you? What can I do for you? ……"

R拿过小孩的课本一看,外面的封皮变了,竟是英文字母,是英文课本?

小孩看看表,疲惫地走到旁边的钢琴桌前,坐下,开始弹奏钢琴。

叮叮咚咚的钢琴声响起来,有时候顺畅,有时候迟滞,有时候还有错音。

R走过去问:"你干什么?"

小孩没有理他,继续弹奏,但不一会儿,眼皮渐渐低垂,居然睡着了。

R觉得这钢琴有些熟悉,便坐在小孩旁边,试着对谱弹奏,双手麻利地快速弹动,音乐便如水流般缓缓流出,呀!居然能够弹奏出来。他大喜:"啊,难道我是钢琴家吗?"

小孩子听到声音,猛然醒来,看了R两眼,又指指旁边的画板。

R走过去,情不自禁,拿起边上放着的油彩和画笔,在上面画了一幅画。

这是一幅杂糅工作，既像漫画又像油画，画的内容像山，像水，像恐龙，也像姑娘。

R不由惊喜地说："天哪，我是画家，我真是个天才！"

小孩子微微一笑，点点头，从墙角的衣橱中，拿了一套衣服给R。

R赶快换上这衣服，比巨婴服好多了。这是一套运动服，整齐、单一，左胸处还绣着什么什么学校，似乎是套校服。他一换上，登时显得精神抖擞，青春焕发。

小孩指指墙壁。

R冲到墙壁前，墙面上便渐渐显现出了一道绿色的门洞，他赶快敲了敲。

门竟然开了，R冲了出去。

三、绿屋

R回头看看，门不见了，再看前面，竟又是一个开阔的空间，像是体育馆，周围是座椅密密麻麻、逐步升高的看台，中间是个篮球场，两边支着投篮架。

一个少年在那投篮。第一排靠近篮架处，还有一个漂亮的少女，对着他咯咯直笑。

R走过去，比画动作，问道："喂，这里是哪里？怎么才能出去？"

少年还算英俊，脸上有几颗青春痘，身上都是热腾腾的汗水，却没有理会他，还在自顾自地投篮。

R撇撇嘴，看了一眼坐在看台上的少女，想去问她。一看这少女笑吟吟的,漂亮鲜嫩得能拧出水来,他心中一荡,热血沸腾,禁不住一撩头发,意图吸引她的目光。但少女并未理他,始终眼睛一眨不眨地盯着少年。他心中就有了一股子气,突然好胜心起,闪身过去,抢断少年,与少年进行斗牛。两个人你来我往,几乎不分上下。他的经验毕竟还是老到一些,几个翻身旋转,假动作避让,突地一跃而起,潇洒地投了进去。

少女一惊,冲着 R 竖起大拇指,拍手,欢笑,似乎在说:"你好棒!"

少年就有些恼火了,像豹子般蹿过来,与 R 抢球投篮。两个人争抢不休,互相用胸腔顶抵对方,不知为何,有节奏,也有韵律,最后争执竟发展成尬舞。

少年跳了一支动作玄妙的舞蹈,R 也跳了一支惊险幽默的舞蹈,两人互相比拼,不相上下。

少年突然旋转、旋转,到了少女跟前,拉着她站起,为自己伴舞,少女应邀而跳。两个人配合得恰到好处,时而缠绵悱恻,时而携手飞扬。

R 咬牙切齿,暗暗做好准备,在他们一个对转,手稍微分开时,R 顺势将少女抢夺过来,又踢踢踏踏,与少女跳得欢快。

少年恨得牙痒痒,在一旁机械地摆动着。

R 得意扬扬,鄙视地看着少年。他拉着少女不停旋转,把少女像放风筝般甩了起来,自己竟旋转得头晕目眩,一不小心,脚下一滑,突然手就松了,将少女给甩了出去,自己也仰天跌倒。

少女像炮弹般地撞到了墙面上,慢慢从地上爬起,捂着腰,指着 R,咬牙咒骂,跺脚顿足。

R后悔不已,目光垂下,不敢再看少女,好不容易爬起,见脚边竟有一块香蕉皮。

这时,少年早已走到少女跟前,扶着一瘸一拐的她走向门外。他回过头来,向R阴险地一笑,偷偷自兜里掏出一个香蕉,又放了回去。

R看了地上的香蕉皮一眼,顿时明白是怎么回事了。他攥紧了拳头,怒气冲冲,冲向门口。

少年少女先他一步,踏入门外。

门骤然关闭。

他发现上面有"ON"的按钮字样,一按。

门开了。

R冲了进去。

四、蓝屋

R一冲入门内,本以为会是另外一间什么屋子,没想到竟是一部电梯。

无数穿着整洁干净、西服革履、手提公文包的人蜂拥而至,顿时将R挤压到电梯一个角落,他几乎连气都透不过来。

电梯飞快上升,倏忽之间,不知升了多少层,电梯停了,大家冲了出来。

R从角落里透过气来,眼看电梯即将关闭,也赶快走出。

电梯门外,是一间淡蓝色的巨大厅堂,密密麻麻排列着许许多多的隔断,将广阔的大厅,分割成无数的区域,每个隔断内都有同模同样的办公桌和电脑。那些西服革履的年轻人们,都在隔断内紧张地工作。

R觉得神思恍惚，莫名其妙，少男少女呢，怎么不见了？他疑惑地问道："喂，喂，喂，这里是哪里？怎么才能出去？"

没有人回答他。没有人理会他。

这时，大厅外面，走来一个脑满肠肥、胖头大耳的家伙，像是一头直立行走的猪。他走到了大厅前面的走廊中心，那双似指甲掐出来的小眼睛，滴溜溜地转着，瞬间，转到了R的身上，那目光就有一股剑般的冷。

胖子指着R："你干什么，快去干活！"

R心头正来气呢，怒道："你是谁啊你？干什么活？"

胖子手上一抖，顿时拿出一条鞭子，唰的一下，对着R就打了过来。

R猝不及防，哪躲闪得了，啪的一下，右肩如被斧头砍中了，疼得快要裂开，登时跌倒在地上，半天都爬不起来，整个人快要散架了。

这一鞭，好狠，好残忍！

胖子快步走到R面前，一把抓着R的头发，拖着他到了一个隔断内空着的工位处，将他的右手铐在工位的桌子上。桌子上有许多横栏，与桌檐钉死了，难道专门就是锁人用的？

过了几分钟，R身上的疼痛和麻木渐渐消失了，右肩还是有些动不了。他强行挪动身体，慢慢从地上爬起，坐到座位上，呼哧呼哧地喘息着，心里又是疑惑，又觉凄惨。

隔壁的工位上，一个长胡子的中年人对R说："嘘，别磨蹭了，快工作，干完活才能离开这里！"

R心中愤愤不平:"凭什么我要在这干活,这是搞什么嘛!"便想站起来,屁股却被椅子牢牢粘着,起不开身。

面前的电脑上,蓦地一亮,一条条程序,一件件资料不断传输过来。

R感觉双手不听使唤了,眼睛出奇地疼,双手便在键盘上敲击,一行行代码,不断地出现在屏幕上。他开始还有些高兴:"啊,难道我是程序员吗?我会编程?"

但过了一会儿,他就觉得头脑里似绞着一根筋,双手酸软,手指疼痛。他想停下来,却根本做不到,眼睛干涩,双手不停地编写代码,累得筋疲力尽。

就这样,也不知过去了多长时间,也不知编写了多少代码。就在他觉得眼前发黑,快要口喷鲜血,坚持不下去的时候,电脑终于关闭了,他的双手和脑袋瓜,以及眼睛,这才得以停下来休息。

他快要虚脱了,靠在旋转椅上,左右看看,前后瞅瞅,周围的所有人也都累得像是一摊烂泥,软软地歪倒,还有的干脆瘫倒在地。

R也感到天昏地暗,他猛地头一歪,倒了下去。

过了几秒钟的黑暗时光,又似有了知觉,眼前渐渐恢复光亮。他用手揉揉眼睛,忽然发现,铐住自己右手的手铐已自行松开了。

他急忙站起,只见西服革履的大伙儿都一个紧跟一个地出了房间。

他刚要跟上去,忽觉后方似乎站着一个什么东西,气息沉重,气场恐怖。他一回头,正是那胖子站在身后。

R心头大怒,骂道:"你这个死肥……"

蓦地,他惊呆了。他看着那胖子,那胖子的脸已经不胖了,而且,那张脸竟和自己一模一样。

这是怎么回事?他似乎要崩溃了,不由大叫一声,像见了鬼似的,以最快的速度,冲出门外。

外面是那部电梯,电梯门正要关闭,他赶快冲了进去。

电梯里有很多人,刚开始R并没有注意,但等他看清楚他们的脸的时候,他就像点了火的酒瓶般,差点爆炸。

因为,所有人的脸都和R一模一样。

所有R正互相看着,他们也同时感到了惊悚,惊叫道:"天哪!"

这时,电梯正好徐徐打开。

那些R们都尖叫着冲了出去。

R缩在角落里,他是最后一个走出电梯的。

五、红屋

R走出电梯时,并没有什么走廊,他直接进入了一间房间,嗖的一下,一股凌厉的剑风便扫了过来。

R不及躲闪,双指顺势一夹,顿时夹住了那剑刃,轻轻一折,剑刃清脆地一嘣,断了。

R不明白是怎么回事,他的手如何变得这么厉害了?

只见面前站着一个黑衣人,眼睛精光爆射,瞳孔收缩,手中握着断剑。

R一惊，不动声色地问道："你是谁，想干什么？"

黑衣人冷冷地道："你终于来了。"

R微微蹙眉："你？"

黑衣人声如寒冰："废话少说，亮出你的武器！"

R心头凄迷，讷讷地说："我的武器……"

他看看双手，空空如也。

黑衣人凝视着他，再次从背上取下一柄剑来。

R一看，自己竟站在擂台上，下面灯光刺眼，看不清楚坐着些什么人。

黑衣人的剑如秋水，寒光闪烁，突然一荡，对着R再次闪电般刺来。

R连忙翻了几个跟头，避开了那一剑又一剑的寒光，与黑衣人对战。

黑衣人忽然腾空而起，双手抱剑，一斩而下，口中大喝："天剑斩！"

R被那气势所强压，直觉一座泰山，就在头上，双足不稳，跌倒在地，但于慌乱中拍出一掌。

一股强大的气劲儿澎湃而出，正好击中黑衣人裆部。

黑衣人像是雕塑般凝止不动了，过了良久，他嘴角流出一丝鲜血，手指R，恨道："你，你……果然是无敌变态掌！"

他倒了下去，像折断的树。

R疑惑地看着自己的手。

R一点都不明白这是怎么回事，心想："啊，我这是在什么世界？我怎么会这么高的武功？"

擂台下方，光线戳着眼睛，看不清密密麻麻的人头，只听到山呼海啸般的拍手与欢呼声。

他赢了，但只不过赢了一场而已。

突然，眼前黑影一闪，是什么人跳上来了。

R定睛一看，是一个穿着短裤，又黑又壮，肌肉发达的拳击手，他指着R："就由我来领教你的高招。"

R一惊，拳击手突然去掉拳击手套，从身后拿出两把大刀，对着R猛杀猛砍。

R左支右绌，逃来逃去，看见地上有个袋子。他想着会不会有什么武器，便一个闪身，捡起袋子，打开一瞧，里面居然是一坨坨捆好的钱。那大刀如螳螂前肢般切来，他不及细想，赶快将钱砸了出去。

拳击手攻击更甚，怒道："想用金钱收买我，这是不可能的！"

但下一秒钟，他却情不自禁地蹲在地上捡钱。

R趁机迅速闪身到他的后面，猛拍一掌，拳击手飞了出去，跌倒在地。

R惊讶地看看自己的手掌，觉得不可思议：难道我真有那么大的掌力吗？便拍了自己的胸口一掌，顿时吐出血来。

又一道身影一闪，一个人从下方跳上台来。他身穿黄色紧身衣，双手连甩双节棍，对着R劈头盖脸地就打。

R边避让奔跑，边大声问道："干什么干什么？你这是干什么？"

黄衣人怒啸："阿打！"

继续像发了疯一般追打 R。

R 几个滚翻，躲过殴打，突见到地上有一颗画着"骷髅"、类似糖果的东西，他不及细想，拿起来，对着黄衣人扔了过去。黄衣人正耍双节棍，张口大声呼啸，将那东西吞了进去，顿时七窍流血，倒了下去，他指着 R，嘴唇嚅动："天下第一，是我的！"

R 深吸一口气，想起刚才那颗糖果，那不是糖果，而是一颗毒药。光亮刺着眼睛，太阳穴鼓鼓跳动，他站在擂台上，听到了山呼海啸般的万众欢腾，他的后背微有发紧，倚着围栏，不至倒下。

突然下面又冲上来好多人，拿着刀枪剑棍诸般武器，一起向 R 围攻。

大家互相打斗，又冲天大吼："天下第一，是我的，是我的！"

R 不知怎么的，头上挨了重重一下，便被打到擂台下，下面竟好好地放着一挺机关枪，也不知是真是假。他怒从心头起，恶向胆边生，提起那机关枪，便对着擂台上的人疯狂扫射。

突突突突，火苗狂野，子弹横飞，擂台上的人全都倒下了。

R 慢慢地爬回了擂台，站在所有人的尸体上，吹吹枪口，情不自禁地哈哈大笑："天下第一，是我的了！"

于是，一个头戴花冠、肥胖如猪、丑陋如鬼的女孩冲了过来，抱住 R 就猛亲。

R 大吃一惊，推开她问："你干什么？"

胖女孩说："亲爱的，我是你的了。"

她甜蜜地躺在 R 怀里。

R 怒道:"为什么?什么意思?"

胖女孩说:"我就是'天下第一'啊!你赢了,我自然属于你啊!"

R 顿时吓得毛骨悚然,几乎快要崩溃了,忙往台下跑。

他总回头算看清楚了擂台上写着标语:"天下第一,比武招亲"。

胖女孩见 R 如此态度,勃然大怒,提着机枪便向 R 追了过来。

R 赶快跑向门口。

他快速地推门,门却打不开。

胖女孩逐渐靠近,张开大口,像是霸王龙一般,向 R 扑了过来。

门突然开了。

R 闪电般冲了出去。

六、黄屋

R 冲进屋来。

回头一看,门又没了。

这又是另外 问截然不同的房间。

屋内很温馨,放着沙发,放着洋娃娃,墙上挂着电视,屋子中央放着餐桌,桌子上用罩子扣着饭菜。

一个女人,一个小孩,在等待着他。

女人很漂亮,皮肤很白,眼睛很大,秀发如瀑,她款款走到

R 跟前,温柔地说:"你回来了?"

R 疑惑地问:"这,这,这是哪里?"

女人说:"是咱们家啊,你怎么不认识了?"

R 惊恐地盯着女人:"你是谁?"

女人笑骂道:"我是你老婆啊,你讨厌啦!"

女人过来帮 R 脱下外套,R 觉得十分熟悉,一种温馨之感自心底升起。女人带着他走到椅子前面,按他坐下,小心地按摩他的双肩,说:"孩子做完作业,就可以吃饭了。"

小孩一脸困倦地走了过来,作业做得好累。

R 怀疑地问:"他是?"

女人噘嘴说:"你这个人,自家孩子都不认识了吗?你今天这是怎么了?你瞧,你们俩多像啊!"

R 细看这个孩子,怎么浑身黑黑的,像焦炭似的,显然是一个黑人小孩。

R 看看自己和女人,自己明显是黄皮肤,而女人肤白貌美。

R 就更加怀疑了:"这是我的孩子吗?"

女人瞪他:"当然是了,讨厌啦,孩子在外面玩,晒黑了!"

R 还是不大相信:"怎么可能这么黑呢?"

女人解释:"因为是晚上没开灯生的啊!"

R 若有所思地说:"哦,那下次得开白炽灯,开亮点。"

女人红着脸说:"讨厌啦!来吃饭吧!"

女人引着 R、小孩到餐桌边。

餐桌上堆满了扣着罩子的盘子,一看,就是许多好吃的美食。

多么幸福的一家，妻子，孩子，还有做好的饭菜，这是任何男人工作完了，回到家里，最想见到的场面哪！R心情有些激动。

女人有节奏地模仿音乐开场："当当当当！"然后打开了罩子。

罩子里放着不同的盘子，盘子里有小猫、小狗、小鸡、小鸭、小鱼、花花草草。只不过，它们都是活的：小猫小狗小鸡小鸭都活蹦乱跳，小鱼更是翻腾扑跌，花花草草还在生长。

R一惊："啊，这是什么？"

女人说："咱们今天的晚餐啊，你瞧，多新鲜！"

女人说着，用手去逗小狗。小狗轻轻地回舔她的手。

R不敢相信，他倒退三步，额头冒汗：这个是什么样古怪的世界？我要如何才能走出这里？我又是如何来到这里的呢？

女人不高兴了："干什么，嫌我的手艺不好吗？"

R四处看看，觉得很诡异，忙说："没有，没有，我今天减肥，吃不下了。你们吃吧，你们吃吧！"

女人给孩子细心地套上餐巾，还拿出餐盘、红酒、刀叉，开始了她和孩子的晚餐。"食物们"都蘸了酱，吱吱地叫着……

R没有再看下去，更连听都听不下去了，走到一旁，躺倒在床上，用被子蒙住了眼睛和耳朵。

过了一会儿，一个温柔滑腻的身躯过来了，柔弱无骨的双手抱住R……

不知睡了多久，屋子里阳光明媚，R醒来了，旁边，见女人的头发就露在被子外面。

R想起昨夜甜蜜，禁不住亲了她一口。

女人醒了，从床上坐了起来。

是一个肥胖无比的女人。

R就像被踩了尾巴的猫，尖叫一声，从床上跳了下来。

他急欲逃离这个地方，四处寻找出口，窗户是封死了的，外面的阳光，始终隔着一层玻璃。门，又不见了。

胖女人见他这个态度，怒道："干什么？"

R奇问道："你是谁？"

胖女人冲过来，揪着他的耳朵，恶狠狠地："我是谁？我是你老婆啊，我是谁！你想干什么啊？"

R头脑一阵空白："我我我……"

胖女人给他一巴掌："啊，你昨晚上又和我那个了，你居然忘记老娘是谁了？"

R更是搞不清楚状况，懵懵懂懂，说："是……是……是你吗？那，我们的孩子呢？"

这话刚一说完，便有十几个孩子走了进来，有大有小，有高有矮，有胖有瘦，甚至还有长得如外星人一样的小孩。

R几乎不敢相信："全是我的孩子？"

胖女人恶狠狠地说："你敢不认账？"

那群孩子们一起簇拥了上来，口里或叫"爸爸"，或叫"爹地"，或叫"dad"，等等，各种叫法不一，意思一个样儿。

R没有任何幸福和快乐，只觉胆战心惊，他搞不清楚，哪来这么多的孩子。

这时，胖女人捂着肚子叫了起来："哎呀，肚子疼！"

R忙知趣地递了一卷纸巾给她。

胖女人横眉怒目,把纸扔了,躺在床上,盖着被子,捂着小腹,骂道:"我不要纸巾,我是要生了,昨晚上你……"

R根本不敢相信:"啊?不可能啊,怎么这么快?"

胖女人气鼓鼓地说:"你装不知道吗?在这里,时光就是这么快!啊!"

在她撕心裂肺的尖叫声中,传来了一声裂帛般的孩子的啼哭!

孩子就这样瞬间出世了。

胖女人从床上盖着的被子底下,抱起一个小孩,黏黏糊糊的小婴儿,像是闹钟一般地哇哇大哭。她的双手,颤巍巍地将孩子递了过去。

R心头一阵感动,情不自禁,抱起孩子,百感交集。

胖女人也笑了,眼睛眯成一条缝。

孩子眨着顽皮的眼睛,对R说:"爸爸,我要吃奶奶!"

R吓了一跳,这孩子,刚生下来,就会说话吗?这可真够厉害的!

胖女人便将孩子抱过去,给他喂奶。

孩子摇摇头,说:"不是这种奶奶。"

R一边逗他,一边问:"那你要吃什么奶?"

孩子说:"爸爸的妈妈叫奶奶……"

R吓得毛骨悚然:"快把这孩子扔了!"

胖女人指着R:"快,快出去挣钱!干活去!"

R回头看到墙面上,一扇门正渐渐显现。

胖女人将R推到门边,门开了。

七、褐屋

R跨入的是一个富丽堂皇的大包厢,这里的家具和沙发,均是赭褐色,泛着明光,透着深沉,透着高级,透着华贵。

他回头看看,房门不见了。

屋子里,放着一张长长的绿绒面的长桌,上面放着扑克,旁边站着一位美女荷官。

这里难道是赌场?怎么会来到这里了呢?

R咬牙怒吼:"这又是哪里?是耍我的吗?这真是乱七八糟,是一个迷宫吗?是什么人打造的迷宫,难道是外星人,还是什么别的虚拟游戏系统,还是别的什么空间嵌套?时间和空间都被随机玩弄吗?嘿,别想骗我!老子就陪你玩下去!"

赌桌的那头,坐着一个男人,他梳着大背头,戴着翡翠戒指,目光如炬,正盯着R看,他的嘴唇嚅动,在嚼着一块棕色的巧克力。

美女荷官示意R先坐下。

R心想,老子就奉陪到底,看你们到底想怎么玩,于是问道:"干什么?"

背头男:"你终于来了,我等你很久了!"

R冷冷地道:"怎么?"

背头男缓缓说道:"这一场赌局,是生死之战!"

R不由一惊:"为什么?"

背头男瞳孔收缩,道:"这一次,我必须赢!输,就是死!"

R悚然道:"是吗?不至于吧?"

背头男说出了他的理由，一个令人信服的理由："如果我输了，会被我老婆打死的！所以我必须赢！别废话，发牌！"

于是，美女荷官发牌。

一张明牌，一张暗牌。

R 看牌，明牌是方块 3。

背头男的明牌是方块 A。

美女荷官道："方块 A 说话。"

背头男说："Showhand！我的财产、房产全部在这了！"

他把自己身边所有的钱推过去。

R 不敢相信，问道："有必要这样吗？这是什么情况？"

背头男冷眼如剑："你跟不跟？"

R 像是被刺痛了，逆反似的豁然道："我跟！"

美女荷官继续发牌。

三轮牌过后。

R 的明牌是：方片 3、方片 4、方片 5。

背头男的明牌是：方片 A、梅花 A、红桃 A。

美女荷官一指背头男："三个 A 说话。"

背头男举起手，然后一掌按到牌前，咬牙道："我的手，脑袋，全都押上了！"

他整个人，就趴到了桌子上。

R 又惊又怒，喝道："有必要这样吗？"

背头男苦涩一笑："为了孩子！"

R 更觉莫名其妙："什么？"

背头男道："废话少说，你跟不跟？"

R气冲冲地道:"好,我跟!"

美女荷官道:"两位请开牌。"

背头男率先开牌:红桃5。

R也开了牌:方片2。

美女荷官看看背头男,说:"三只A。"

她又看看R,说:"同花顺,同花顺胜。"

R一瞬间感到肾上腺一抖,激动地跳了起来:"哇,我赢了!我赢了!"

背头男则倒了下去,仰天大叫:"孩子,我对不起你啊!"

R说:"我不要你的脑袋啊手啊的,把钱给我就行了!"

美女荷官严肃地说:"这是赌场的规定。来人,将他的手脚脑袋砍下来,送给这位先生。"

R吓得连连缩身,道:"我不要,我不要!"

美女荷官怒道:"你敢破坏我们赌场的规矩?"

R心中一惊,噤声不语。

只见两个黑衣大汉冲进来,将背头男提着带走了,他们后面跟着一个刀斧手。不一会儿,外面便传来了凄惨无比的惨叫声和沉重的砍剁声。

美女荷官笑眯眯地对R说:"恭喜先生,你获得了我们赌场推出的'为孩子赢得进入最好的学校上学机会的超级赌王大赛'第一名,这是你家孩子获得高等教育的机会!"接着从怀中掏出一张花花绿绿的入场券交给R。

R战战兢兢地接过入场券,抬头看见赌场大门边上,贴着红色的大标语:"倾家荡产赌一胜,为子赢得好人生"。

他兀自还不太明白是怎么回事，只见那美女荷官指着房门，盈盈一笑："请！"

R便背着一大堆东西，走出了房门。

八、灰屋

这是一间暗灰色的屋子，里面点着油灯，一张大炕上，躺着一个老婆婆。

R回头看看，墙上的门又消失了。

R自嘲地笑道："好啊，该死的空间转换，无限迷宫，是吗？我看谁玩得过谁！这又是哪儿啊？"

R上前两步，靠近大炕，问："老婆婆，这是哪里？怎么才能出去？"

老婆婆坐起来，瞪眼看着R，一个巴掌打了过去。啪，正中脸颊，清脆悦耳。

R早已习惯了时空错乱，怪事不断，他不怒反笑，摸着脸说："一看你就知道你是我妈，对吧？这都是角色扮演对吧？还是说这是什么外星人的系统啊，嘿嘿？"

老婆婆怒道："死老鬼，我是你妈吗？你终于来了。"

她伸出一只枯枝般的鸡爪子手使劲儿地拧R的耳朵。

R疼得脸色都变了，心里更惊，问道．"什么，你是我老婆？怎么这么老？"

老婆婆怒道："是啊，你忘了吗？"

又是一个巴掌打了过去，响亮爆脆！

R揉着脸，说："哦，想起来了。"

事实上，他根本搞不清楚，发生了什么事。

老婆婆指指四周，怒道："你看看，叫你别赌博，你把我们家都输成什么样了？"

R看着家徒四壁，说："我没有输，我赢了好多东西回来。"

R把背包打开，将钱拿出来。

一堆堆的钱，像是五颜六色的彩蝶。看上去很美好，其实——全是冥币。

R心想："完了完了，惨了惨了！"

老婆婆却皱纹绽开，笑道："算你有孝心，快到坟上，烧给大伙儿。"

她指着一面窗户。

R走过去看。

窗户外全是坟墓，一丛一丛，漫山遍野，铺天盖地。

老婆婆幽幽说："所有人都死了，就剩我们两个了，快，我们得延续后代……来吧！来吧！"

她挣扎着，向R扑了过来，意图与他繁衍后代。

但还没走到R跟前，她便断气了，像枯木般倒下。

R狂叫一声，赶快推开窗户，冲了出去。

九、粉屋

这回，R进入的是一间粉色的房间，酒精和福尔马林味甚浓，弥漫，扩散，像是医院。

房间里，有很多身穿白大褂的蒙面医生和护士，他们围绕着一张手术床，忙忙碌碌，似在紧张地工作。但R从人与人的缝隙中望过去，却见手术床空空如也。

R不由上前问道："这又是哪里？"

一个戴眼镜的男医生走过来，命令道："你还不快去准备。"

R自言自语地一笑："这回又扮演什么角色？嘿，不知道会遇到什么，这是什么情况？"

忽然之间，四五个护士过来了，将R的手脚齐齐抓住，按到了床上去，紧紧捆绑住。

R挣扎不休，又哪里挣脱得开。他意识到情况不妙，哇哇大叫："干什么，干什么？"

一个女医生冰冷严肃地说："给他打镇静剂！"

护士取出胳膊粗的针管，粗暴地给R打了一针。

R一阵颤抖，眼前朦朦胧胧，意识迷迷糊糊。

只听男医生含混的声音在说："这个病人生命垂危，需要急救。"

护士们齐声说："是！"

女医生说："他有严重的脑瘤，是阿尔茨海默病吗？"

男医生说："人格极度分裂，得拿出来重装。"

女医生问道："多少个人格？"

她瞟了一眼旁边的电脑，上面写着一个数字：7600000000。

数字开始缩减。

最终为零。

R渐渐进入了黑暗。

等光明到来的时候，已经不知过去了多少时光，不知发生了什么事情。

R睁开眼睛，惊恐地看看四周，从床上坐起，四处看看，周围空无一人。

医生、护士，全都不见了，方才一切，恍然如梦。

R自我惊问："这是在哪？什么情况？"

无人应答。

R又搔搔头，惊道："啊，难道是做梦？一切都是做梦吗？哈哈！"

墙壁上，挂着一台电视，正在播放一部片子。

地球孤独地旋转在宇宙中。无数形形色色的人快速闪过。

旁白："据统计，历史上死去的人口有一千亿，目前存活人口为七十五亿九千九百九十九左右，死掉的人数比活着的人数都多，占人类的大多数。"

一个主持人凭空冒出来了，说："那我们问问科学家是怎么说的！"

科学家从地球上空走了出来，正色道："宇宙空间是人类想象出来的世界，一个人产生了无数的想象，分裂出了无数的人格，有的死掉，有的活着；活下的人格，以不同的面貌进行看似实体化生存。人类的存储物质是一平方毫米8个T，可以打造精度超过8个T的像素世界，这相当于原子含量，所以，现在有七十六亿人格同步……"

主持人眼睛一跳："什么，你的意思是我们地球活着的人和死掉的人只是一个人吗？"

科学家笑笑说："其实我不是科学家，我是科幻作家，这是一场思想的实验。"

主持人大骂一声："把这个假冒伪劣产品给我拖走。"

便在这时,科学家嘿嘿一笑,自己打了自己一拳,主持人竟也同步嘿嘿一笑,自己打了自己一拳,流鼻血了。

地球上所有人都在同时自己打自己一拳。

无数的门,一扇连着一扇,似乎有76亿扇。

R看得莫名其妙,骂道:"什么破片子。"

房间,又有了门。R再也不敢待在这里了,他走到门前,推门出去。

临走时,R往床上回望了一眼,床上躺着一个老头,瞪着眼睛,头部有个洞,脑洞大开。

十、黑屋

R进入了一间黑色的屋子,回头一看,门没有了。

屋子里光线暗弱,摆放着一个棺材。

R有点害怕,但又情不自禁地打开了棺材。

棺材里没有尸骨,只有很多数字电板,莹莹闪光。

R看四面都是实体墙面,一惊:"莫非出口在这里?"

R躺进棺材内。数字面板上的数字开始跳动光芒。

棺材板下面果然有一扇门,泛着白光。

上面写着:出口。

R高兴地说:"啊,终于找到了,原来在这,这是最终出口!"

有声音从外面传来:"Restart, next……"

R大惊:"什么?……"

他向白光冲去……

十一、白屋

棺材外部绽放白光。

房间内放着无数的棺材。

每一口棺材都绽放白光。

镜头拉远,这只是电视里的镜头而已。

电视旁边,有一扇门,一扇红色的门。

在这间白色的屋子内,它是如此明亮,如此突兀。

门上有一串数字:7600000000。

这时,门外传来了砰砰的敲门声。

门锁发出吱吱呜呜的婴儿哭声。

门开了,R冲了进来,身上大汗淋漓。

门上的数字骤然变为:7600000001。

注:本篇作品由本人在北京文联编导研修班创作的优秀剧本改编而来,黑色幽默,体现人类一生,以及所有人的脑洞之门。

开封悬斧

当汽车到达开封那古典楼宇组成的标志性大门时，我感到一种古老而凝重的气息，从前面源源不断地传来。这座历史悠久的城市，有太多太多的故事，有太深太深的底蕴。大宋王朝的辉煌，在这展现出最美的华章，《清明上河图》《包青天》《杨家将》……是历史上璀璨的明珠。同时，盛极而衰，它的腐朽和堕落，也是从这里开始的，靖康之耻，国仇家恨，至今想来，还是令人唏嘘不已。真是哀其不幸，怒其不争！

但我无心再去想这些，和女友即将分手的痛苦犹如心灵的皮鞭，持续不断地鞭笞着我，希望这几天能够好好散散心，忘记这些不开心的事。

咔！车子在宋城跟前停下。眼前是巨大的、高达二三十米的充气白兔与月球，两两相对。当我们走下车，想要上去照张相时，上面却飘飘忽忽地落下一个物体。那东西团成一团，落地时又扩展开来，竟是一个身穿黄衬衫、黑西裤、戴眼镜的中年男子。

带我们采风的唐先生介绍说，这位就是传说中的黄先生，这次的活动就是他组织安排的。

十个诗人,加上唐先生,十一个人,就这样来到了开封。

大伙儿点点头,纷纷寒暄。我却细看这人为什么会从高处凌空而降,发现他的衣服上有威亚的线,上面则连到了充气白兔与塑料月球上去。他眯着眼睛,笑容可掬,圆圆的脸上有特别的亲和力,却不知为什么,一股强大的气场散发其身后。也许这就是那位传说中的幕后老总。

吃了饭后,我们去参观那片西湖湾。车子在高低不平的泥路上颠簸前行,偌大的一片碧湖近在咫尺,在太阳的金辉照耀下,湖水波光粼粼,细碎的金光如群鱼跃动。湖边绿草如茵,有人在钓鱼,在野炊,在嬉闹。黄先生跟我们说,这一片地正在开发,将来会成为旅游居住的胜地,湖边风景这边独好,有最大的商场,有最宜居的小区。他说得我们一愣一愣的,这么大的地域,要开发,得花多少个亿,多少时间。我看到他笑嘻嘻的面容中,却有两道惊恐的目光自眼中射出。我顺着那目光,看到一条狗,从不远处的丛林里走来,不,还不止一条,两条,三条,四条……有好多条呢!它们聚集在一起,向这边看了两眼,又转到丛林里去了。近处没有卫生间,我却突然内急,于是不得不绕到一棵树后面,没有人能看得到我。当我释放完毕后,我似乎感觉周围的草丛中,有好多双眼睛,有人?我不禁脸上一红,扭头一看,不!那不是人的眼睛,那是狗,是一群狗,我数了一下,一共有十一条。

我们一共有十一个人,它们,为什么也恰好是十一条?

它们见我凶悍地瞪过来,忽而一转身,摇着尾巴跑了。我眼看它们钻进草丛,又穿出林子,到了前面另一片区域。那里四面围着铁栅栏,当中竖着无数的高压变电设备柱,还有根根尖耸的避雷针。其高处的空间内,电线纵横交错,编织成了类似蜘蛛网的形态。不知为什么,我深感恐惧,赶快从树后走出。

眼前一晃,差点撞到一个人,是黄先生。

黄先生笑着问我:"在这干什么?"

我说:"方便方便。"

黄先生说:"这里靠近发电厂,有些危险,快走吧。"

我说:"对了,这里既然是电力工厂,在这开发新建的话,岂不是会受影响?"

黄先生说:"会有办法挪开的。"

他说这句话时,我看到一道蓝色的火花从高空中的电火线中飞快蹿过,就好像一条飞行的蛇。我吃了一惊,没有再问,便上了车子,跟着大伙儿,一起到了售楼处。

黄先生将我们安排在一间巨大的包厢内,要给我们播放开发中心的开发计划与广告。喝着柠檬茶,大家正襟危坐。灯光暗淡下来了,面前出现了华丽而炫目的3D效果图,这是未来西湖湾社区的模拟造型,有宏伟的广场,有浪漫的沙滩,有漂亮的别墅……大人小孩,男女老少,和谐相处。当巨大的钟声敲响的那一刻,人人都极感震撼,感动得纷纷拍手。就在这一刹那,我却看到了开发区湖内的底部,竟有一个庞大无比的、不断旋转的斧头。我吃惊地陡然站起,刚要叫出声,旁边却伸过来一只手,紧紧捂住了我的嘴巴。我的惊呼便没有叫出来。

黑暗中,只听一个声音说:"别紧张,既然你看到,就证明你意识到了,我们到球场上去。"

哗啦,灯光亮了,宣传片结束了,我回头一看,后面根本就没人。

只见黄先生站在门口,对大家说:"这有个游戏,大家过来看看。"

跟着他,出了售楼处,爬上一个小坡,便见到一片绿色的草坪,这是一处五十平方米左右的模拟高尔夫球场地。四处立着旗杆,下面是球洞,旗杆上写着美国、加拿大、欧洲等字样,中间却有一个旗杆上写的是开封。

黄先生说:"开封是八朝古都,是世界上唯一一座城市中轴线都没变过的都城,城摞城的遗址,世所罕见。这里是《清明上河图》的原创地,中华文明就是从这里走向世界的。我们这个高尔夫游戏,叫作'从世界回到开封',从开封击球到世界各地,又从世界各地击球到开封。"说着,便要手下取了两支杆、两只球来。我在旁边,顺手接过一杆。大家围在我们身边,瞧我们俩开球表演。

黄先生对我说:"你要明白,现在,开封就是世界的中心。甚至是地球的中心,你要把球打到世界各地,又一杆打回来,否则的话,世界就会坍塌,你明白吗?"

我听这话有点玄,心中一惊,点点头,看他如何打。他很轻松地两杆进洞,打到了加拿大,又从加拿大打回了开封,并将球递给了我。我随意一打,球打偏了,我一看黄先生,脸色蜡黄,额上冒汗,就像是在经历什么千钧一发的时刻似的。我心中暗笑,随手又是一杆打出,球顺利进洞了,我自己倒没觉得什么,黄先生却长吁一口气，擦擦额头的冷汗，说："行了，我明白了，你很明白，走吧。"

我真听不懂他在说些什么。

接着我们跟着车去了大相国寺，我一副心不在焉的样子，心里总是想着黄先生说的那些莫名其妙的话。还有，这一次采风，请的都是诗人什么的，唯有我一个科幻作家，这是怎么回事呢？带队的何先生、祝女侠也没有说明。

进了大相国寺后，一路参观过去，我和祝女侠、一曼、江先生等拍了些照片，又见到令人叹为观止的千手观音树雕佛像。那棵圆木至少有十几米的直径，雕出几十米高的四面千手观音佛像，千百只手，没有一只是雷同的。我看得啧啧称奇，不知不觉，走入了舍利堂内，却遇到几个和尚，专门卖手链挂件，价格极为离谱。我没有兴趣，自行走到了门口，却不见了我们的人马，只有门口鲁智深倒拔垂杨柳的铜像仍然存在。只见出口处坐着一个矮个子和尚，大概是防着有人浑水摸鱼，闯入门中。我见他眯着眼睛，便径直走到门口，看了两眼，见我们的人并未出去，心里觉得太奇怪了——他们会跑到哪去了呢？

我正要转回头去，返回八角琉璃殿寻找我的同伴，那矮个和尚竟朝我扑了过来，口中叱咤一声："哪里跑？"

我吓得往后　退，道："干什么？"

矮和尚二话不说，一把揪住我的胳膊，往门外推搡，口说："你怎么混进来的？出去，出去。"

我说："哎，你这和尚，我刚才只是去门口看一眼，怎么就算是混进来的？"

169

矮和尚说:"你的票呢,票呢?"

我想掏票,却想起了,票在接待方的小姑娘圆圆手里统一拿着呢。

我说:"你明明看到我的,我看到你看到我到门口的,怎么就不让我进来了呢?哪有这种道理的?"

矮和尚发了力,想推动我,我看了一眼旁边的鲁智深塑像,便学着摆了个拔垂杨柳的姿势,将他的脚给拔了起来。矮和尚想必平时没练功,功夫不行,差点被我扳倒了,口里哇哇乱叫。我哈哈大笑,却觉后腰一紧,回头一看,一个瘦高个子的和尚将我拦腰抱起。我沉下身体,大声斥骂:"我就是不出去,有本事你们抬我出去。"两个和尚使出浑身解数,我却纹丝不动。他们实在没办法了,只好撒手不管,能看得出,他们的鼻子都气得冒烟了。

最后,我笑着说:"我是鲁智深转世,又来大闹一次!"

回到千手观音殿内,终于找到了大伙儿,唯独不见黄先生。何先生告诉我,黄先生今天下午就没来。

什么?我明明看到他上车的啊,怎么会不见了呢?"吱吱",手机响起来了,我一看,是未知来电,正要挂断,手机却自动接通了。我凑耳一听,里面居然是黄先生的声音:"悄悄爬到观音里面去,快!我知道了,就是你了,这是天意,你是被选中的人。"

我听得莫名其妙的,抬头看着那巨大的四面观音雕像,再看着旁边的游人,我怎么能够爬到上面去呢?

我审视了一圈周围的环境,看到旁边有一条小梯,被黄幔遮挡，旋绕而上，可直上二楼；若是不仔细看，还真察觉不出来。我悄悄顺着小梯爬了上去，竟到了那横梁之上，顺着过去，便是四个观音颈背相连的结合部位。下面的人都没注意到我，我便纵身一跳，落到了雕像头上。咔嚓，我像是踩到了一片沼泽地，往下陷落进去。

扑通一声，我落到了一个类似电影包厢内的座位上，而我对面坐着的，正是黄先生。我刚要说话，黄先生却不知怎么的，按动了旁边座位上的一个按钮。呼啦啦，我们往下方继续沉落，就像是电梯似的。我看出周边是硬质玻璃，轻轻摸了摸，这仿佛是一个透明的电梯。

嗖！

电梯竟斜着往下方滑去，瞬间，我感觉就像在下水道中快速穿梭似的，从地平线往地心内部冲去。四面八方都是黑乎乎的管道内壁，若不是透明电梯中有灯光，此时一定伸手不见五指。电梯就这样行驶了大概十分钟。忽然间，四周的颜色变了，成了碧绿色，甚至能看见旁边有鱼群在游动，这是在水中吗？还没等坐稳，电梯又继续往下沉去。

我有点儿紧张，这难道是到了什么水塘之内了吗？而且，还在继续往下，那又是怎么回事？

终于，透明的电梯停了下来。

电梯门打开，黄先生带我走了出来。

往头上一看，吓得差点跌倒在地。

这是什么？我看到了什么？

我简直不敢相信自己的眼睛。

难道说，那视频上播放的，是真实存在的吗？

确实，在我的头顶上，我看到了一把巨大的斧头，其直径大概为三十米，正在保持着一种旋转的姿态。不，准确地来说，这并非一把斧头，而是千百把斧头，正以柄末为轴心，在每个旋转面上，都产生出重叠的影像。照理来说，这应该就是一把斧头，在不断盘旋的过程中，被人以高速摄像机拍摄下来后，形成的旋转画面。然而，这画面却是立体的，就悬停在我的头上。

更离谱的是，通过三维斧头画面之间的缝隙，我能看到，上面是一层深绿色的水体，保持着刹那间荡漾的形态，但却一点儿都没有动弹，就像是几十米宽厚的果冻一般。

再看周围，我们身处的位置，是一个广阔的大厅，周边都是绿色的水体，还有鱼群游动，我们仿佛在透明的水族馆内。

而巨型斧头，这凝定的水体，都悬在我们的头上！

我感觉有点儿莫名其妙，又充满了深深的恐惧。我意识到，这里面绝对有非同寻常的事情发生。

而这件事情，要么是黄先生弄出来的，要么就一定与他有关。

我保持着冷静，问道："这是哪里？你想怎么样？这到底怎么回事？"

我一连问了三个问题，黄先生只是笑了笑，摇头道："你知道，我为什么费尽心力要开发这片土地吗？"

我一愣，恍然道："我们是在西湖湾下面！"

黄先生轻轻点头，说："不错。我少年时代，就发现了这个地方，而且，我对它做了各种各样的研究和测定。我只能将这里保护起来,一直守护着它,否则,一切就全完了。"

我有点儿摸不着头脑,问道:"你说什么呢?什么意思?这是个什么?为什么,为什么会这样?"

黄先生说:"你好好看看,它像什么,它又是什么。既然你是写科幻的,怎么可能不知道呢?"

我歪歪嘴,舔舔嘴皮子,再仔细看头顶上高悬的这把凝定的盘旋巨斧,又去看那斧头上面托着的水体,以及整个大厅周边的水体,难道那些水,被某种力场给挡在了外面了吗?

我晃动脑袋,说:"这很奇怪啊,这巨大的斧头,好像是正在旋转,它的轨迹仍然保持着停留,就像无数照片快速拍摄时的叠影,但这是立体的,实体的。"

黄先生说:"是啊,照片能把稍纵即逝的场面永远留住,相当于将刹那的时光留在平面上……"

我不由大吃一惊,道:"这么说,这东西是立体的,将刹那的实体,留在了这里,它甚至还把其运动的痕迹裹搅在其中了?"

黄先生说:"就像实时3D打印机一样,不,还包含着时间,就是4D打印机,把当时的时间状态,完全封存了。"

我说:"这么说,这就是一个瞬时时空保存的东西?姑且,姑且称之为时间的……时间的……"

黄先生说:"我称它为时空茧!"

我惊讶地说道:"时空茧?"

黄先生点头说:"不错,里面包含的,就是彼时彼刻的时间,像茧一样,将时间包含在了里面。"

我不解地问道:"那么,这时空茧里,为什么包裹着一个旋转的巨型斧头呢?"

黄先生禁不住笑了,道:"你好好看看,那是巨型斧头吗?"

我说:"就是啊,不是……那是什么?总不会是什么飞碟吧!"话一出口,就看到黄先生颔首微笑,我恍然道:"这真的是一艘飞碟吗?外星人的飞碟?"

黄先生说:"我怀疑,这还不是外星人的飞碟,有可能是时空穿梭者的飞碟。我们见到的飞碟,大约有99%应该是人类自己发明出来的,只不过是未来的人类而已。"

我点头说:"这个观点听起来很对。人类不断地探究飞碟、外星人,终有一天,忍不住自己将飞碟造了出来,穿越时空,结果被前人看见,产生了无数的想象。其实我们看到的,很可能就是我们自己,而恰恰是我们自己,引发了我们创造出我们想象的东西。人类就是这样追寻未知的目标,却不知道,那未知的目标就是我们自己的设定。"

黄先生说:"说得不错,宋朝就有人见过飞碟,沈括的《梦溪笔谈》里面,就有这样的记载,你可以回去翻翻看。"

我问道:"这么说,你是很小很小的时候,就发现这个地方了吗?"

黄先生说:"是的。在我十二岁那年,我跑到这里来游泳,想不到潜得太深了,就被一个下陷的孔洞给吸到了这里。那时候我的家人还以为我死了。三天之后,我才从这里出去。家人都吓坏了,打捞了几天都没捞到,正哭哭啼啼,我就回来了。而自此之后,我就像变了一个人似的,原来我学习成绩很差,可是从那次以后,我发觉自己越来越聪明,有很多想法和灵感,突如其来地就产生了。我考试再也没有遇到过困难，读完大学，我成了一名成功的医生，然后，又去加拿大搞房地产，搞文化产业，等等，一直到现在，我的人生，基本上没有失败过……"

我说："是啊，你是一位亿万富翁，很了不起。"

黄先生黯然说："可是，我总感觉到，那并非我自己的功劳，而是它……带给我的，一种异于常人的智慧和能力。"

我说："怎么可能？"

黄先生说："我已经证明了这一点，因为，这个时间茧正在破裂，它已经历经了千百年，它散发的能量，给这周边产生了非常适宜于生活居住的和谐能量波，会让它身边的生命变得更加聪明起来。经过我的研究，它的生命磁场一直很稳定，可是现在，危机出现了。当时它正因为要坠毁，所以才被驾驶员封存在了这个时间茧内。驾驶员的肉体，出不来了，我没有见过，也不知道它是什么样子，是不是和我们类似。但是我感知到它的思维，它的思维是能跳出来的，而且，就附着在我的身上。"

我眉毛一挑："你，你说的不会是鬼附身吧！"

黄先生拉下脸说："什么鬼附身，就算要这么说，也是灵魂附体吧！"

我说："你怎么知道？"

黄先生说："因为有很多时候，我觉得自己迷迷糊糊的，可是，我却能做出一个又一个正确而英明的决断，使得我的人生和事业，能进一步地飞跃和发展。但是，最近我发觉，我不断地在做一个梦，梦见这个时空茧破裂了，里面的能量流出来，那就惨了，整个世界，就从此……"

我说："怎么可能?"

黄先生说："你知道它们采取的时空移动飞行器用的是什么发动机吗？那是反物质发动机，在相同的重量下，反物质释放的能量是火箭燃料的 10 亿倍……"

我笑道："这，这怎么可能？反物质，这个东西，从哪来啊……"

黄先生说："你听我说，其实现在物理学家已经能够制造反电子、反质子、反氢原子，反电子围绕着反质子旋转。2004 年，欧洲核子研究组织的原子击破器以 2000 万美元的代价仅生产出了几万亿分之一克的反物质。2011 年 5 月初，中国科学技术大学与美国科学家合作制造了迄今最重的反物质粒子——反氦－4。这些都说明人类在不断地进步，总有一天，就会将反物质发动机给造出来，要知道，仅仅 4 毫克的反物质就可以把人类送上火星了。"

我点点头，深感佩服，看来他是做了不少这方面的功课啊。虽然一切都有可能是假设，但这假设是建立在严谨的科学基础上的，不是说没有这个可能，我由衷地说："厉害，厉害。"

黄先生说："但是反物质很危险，如果它一与普通物质结合，就会发生湮灭反应，发生巨大的爆炸，最后形成黑洞，就像神秘的通古斯大爆炸一样，至今无人知晓其原因。科学家已经发现，黑洞的中心或许并不像当今认为的那样具有无限大的密度，而是通往宇宙其他区域的入口，就像虫洞一样，是连接两个不同时空的隧道。如果你将宇宙想象为二维的纸张，虫洞就是连接这张纸片和另一张纸片的通道。那时候，会发生什么，实在不可想象，所以，我一定要将这里保护起来。"

我突然感到了一种深深的尊敬和敬畏感，真想像军人一样给他行个礼。我说："你说了这么多，你还没有告诉我，你为什么要将我带到这里来？你这是什么意思？"

黄先生说："因为你是科幻小说家，你不会出卖我，而且，假如你对别人说这件事情，别人会以为是你的小说的情节，也不大可能相信。另外就是，我能和你沟通，将心中憋了不知多少年的话说出来，也是一种解脱。"

我说："谢谢你看得起我，嘿嘿，我很相信你说的话。"

黄先生突然盯着我的眼睛，一字一句地说："那么，你现在听好了，接下来就是关键！"

他没有动，我却感觉他整个人已如猛虎般扑到了我的跟前，张牙舞爪，要威胁我似的。

我情不自禁地感到害怕，往后退缩了一步。

黄先生又温言道："其实，之所以说了那么多，就是告诉你，你是那个被选中的人。接下来，守护它的任务，就要交给你了。"

我一瞪眼，说："什么意思？"

黄先生说："它在我身上已经很久，很久。它的鬼魂也好，灵魂也罢，思维波也行，说什么都可以，我的大脑已经跟不上它所需要的运转速度；一旦它找不到寄居处，就会回到它自己的躯体中，那时，就是时空茧破裂的时刻，爆炸就会从那时候发生。所以，我需要找到一个和我类似的年轻人，将它传导给你，自此之后，我也就轻松、解脱了。而且，我的有关它的记忆会被消除掉，这里，也将永久地封存，直到未来有一天，它被人再度发现。"

我说:"不会吧,我……我,我怎么和你类似?"

黄先生笑着说:"年轻人,你知道吗,你充满了冒险精神,充满了不服输的精神,而且,你听懂了我的那个游戏,我给你做了两次测试,你都通过了。"

我有点儿蒙,问道:"什么?两次测试?哪两次?我咋没感觉呢?"

黄先生说:"第一次,我发明的那个高尔夫球游戏,从开封走向世界,从世界回到开封,只有你真正明白了它的意思,说的,就是这个时空茧。"

我傻了,说:"我没有明白啊,我什么时候明白了?"

黄先生笑道:"你不要骗我,我知道你明白了,因为,世界上的智慧,都是从这个时空茧散播出去的。它的能量磁场,孕育了我们周边的聪明人,使得中原人不断地发展,壮大。这个几千几万年的时空茧,不断泄漏的能量源,导致它周围的人和事物,都受到影响,所以这里成了八朝古都,所以宋朝人那么聪明,当时全世界一半的GDP都是大宋创造的。可想而知,这时空茧有多么奇妙了。但是到了现在,如果它裂开的话,那就会把全世界的物质都吸走,全世界都陷落到开封这个地方,这就是让世界回到开封的真正含义。所以啊,你的责任十分重大,你知道吗?"

我真是有点儿无奈了,说:"那我只是打了个球而已。"

黄先生说:"还不止,那两个和尚来追你的时候,你身上自然而然产生的能量和气场,将他们震慑住了,所以他们都吓跑了。而它需要的,正是拥有你这样气场的人。当我将它传递给你的时候，你一定能完全接纳，从此之后，你的各个方面，精气神、人生、事业，都会好起来的。因为，有它的存在，有它罩着你。"

我沮丧着脸，说："你说的，就是这个什么时空行者的思维体吗？无形的灵魂吗？或者是它的潜意识？好吧，真要能帮我，就帮我和女朋友和好吧。我是因为心情不好，才过来这里散散心，想不到遇到这种奇遇，真是太神奇了。"

黄先生说："好，你相信我，这次回去之后，她一定会和你和好的，只要你能按我说的做。"

不知不觉，我就相信了他，点点头，痴痴地说："真的吗？"

黄先生说："当然是真的，而且，从此之后，你要将这一切给记录下来。除了这一代，还要让下一代了解到这件事情，以某种特定的方式。文化能传承一个民族的灵魂，所以，你写成小说也好，拍成电影也好。因为，一旦转移发生后，我很可能再也记不得这件事了。我记忆的一部分，已经被它给剥离了，那部分记忆，就存在你的大脑里。"

我说："行了，什么都别说了，我有点明白了。就好比，开封头上，悬着一柄斧头，随时都可能砍下来，导致世界的毁灭，必须有守护者守护着它。你是第一代守护者，现在让我当第二代，永远守护着这里面的记忆。它的情绪稳定了，时空虫也就不会破裂了，是这个样子吗？"

黄先生说："对，就是这个样子的。"

我说："好吧，就算我相信你，那你怎么样才能将它传导给我，我又怎么样才能接受呢？"

黄先生说："人的大脑，本身就是一个信号发射器，不断地发出自己的脑波，但是它只有一个通道，当你发射脑波的时候，别的脑波就无法进入。所以，只能让你的脑波暂停一下，等它进去之后，你再重新启动。"

我说："那是什么意思？我先睡一觉？"

黄先生说："睡觉也不可能。睡觉时，你的思维还是在震荡，还是在散发脑波，占据着通道。"

我耸耸肩，问："那你说，我该怎么办？"

黄先生正色道："唯一的办法就是，你要刹那间灵魂离体。你听说过濒死体验吗？"

我吓得差点儿转身就跑，说："你是想让我假死啊，我当然听说过濒死体验，这都是快死的人才有的感受，不会是叫我快死吧！"

黄先生说："试一试啊，又不是真死，要不你就在水里憋气，快要淹死的时候，我又将你救活，或者……"

我连连摆手，说："少来，少来，千万别啊，说不定一不小心，就真死了，我还没这么笨哪！"

黄先生可怜巴巴地说："为了地球，为了整个人类，你就不愿意试一试？假死一回又如何？"

我说："等我想想，等我考虑考虑啊！"

黄先生想了一下，说："也好，你先准备准备，我们再找别的办法。走吧。"

我们俩又乘坐透明的地下潜水器，从观音的头顶上返回了寺庙中。我问为什么这潜水器的通道在这，黄先生说这也是原来就有的，那个雕刻观音的人，说不定就曾经看到过乘坐飞行器的天外来客。我想也对，观音乘坐莲花而来，与那乘坐盘旋飞斧的人差不多，而且观音千手千眼，还是个四面体，那大概就是雕刻家恰好看到了时空茧里的东西，凭着印象，雕刻出了这样栩栩如生的雕像。

这又从另一方面，证实了黄先生的话。

我们回到了地面，接着，与大家会合，去清明上河园内参观。

命运这个东西很奇怪，是恰到好处，还是有意策划，至今已无法知晓了。

总之，我们遇到了一个耍杂技的班子。

旁边围绕着上百个游客，津津有味地看着耍杂技的这群人。他们表演了高空扔铁蛋、肢体柔术等高难度精彩杂技，引得喝彩声阵阵。

忽然间，表演杂技的小伙子抬出了一个人形的木桩子，上面有六个圆圆的木墩，就像挂着六个大鼓。小伙子手持斧头，站在十几米开外，对着六个木墩随手一挥，铮铮声连绵不绝，六柄斧头准确地砍在了六个木墩靶上。众人不由大声拍手，高呼叫好。

便在这时，小伙子叫道："下面，要邀请一位嘉宾，上来配合表演，请问哪位有勇气尝试？"他一连叫了三次，均无一人胆敢上前。

不知是为什么，一股热血涌上了我的脑袋，我的嘴巴似乎不听使唤了，叫了一声："我来试试！"

其实我还没搞清楚要怎么配合，以为是上去逗着玩玩。但当我意识到我将被卡在那六个木墩靶之间，斧头要准确地砍中紧靠我的头部、胯部和双手双脚间的木墩时，我忽然整个人都被抽空了，就想赶快跑开，心中害怕至极，可是手脚酸软，动弹不得。小伙子的同伴给我戴上了一顶头盔。我啊地惊叫一声，全场都沸笑起来。

小伙子问我："你是自愿的吗？"

我又情不自禁地叫了出来，我说："我只想证明我对女朋友的爱……"

小伙子打断道："那就开始吧！你千万别动！"

我登时感到头脑眩晕，人事不知。

嗖！

第一柄斧头飞到我的胯下，只要稍有偏差，我就断子绝孙了。

我感觉眼前人影摇曳，斧头化作闪电，向我飞扑而至。

嗖！

又是一柄斧头擦着我的头皮而过，稳稳地钉在了头上方。

嗖嗖嗖嗖！四声齐响。

有这么一刹那，我突然感觉自己凌空而起，居高临下地看着斧头在空中凝定，周围的人脸上的表情凝结，有的大张嘴巴，有的瞪眼惊愕……

一切都变成了流逝的白色光条。

等我脑子又能运转时，我的双脚像没了骨头，双手也不听使唤，从那斧头靶子的架子上走下来，浑身哆嗦，手足麻软，差点跌倒。我口干舌燥，说不出话来，同时又有一种深深的感觉，仿佛身体里多了一点儿什么东西。

这时我才想起,应该请人把这一段录下来,发给远方的女友看。

黄先生走了过来,笑眯眯地对我说:"我已经录下来了。"

我登时站起来,猛地想起了,刚才的那一刻,我真的以为自己快要死了。我的灵魂在高空中俯视着众人的场面,那不就是濒死体验的一种?

黄先生之所以记录下这个时刻,说明他是早有准备。难道他能影响我的思维,让我冒冒失失地冲上去,做此鲁莽之举?不!这是有目的的,有计划的,是为了将时空茧的思维,传递到我的脑海。

那他岂不是就失去了那份记忆。

我偷偷将他拉到一边,问有关时空茧的事情,他一脸错愕,茫然地看着我。

我心中沉了下去,莫非,那东西此刻已经在我身上了?

他真的已经失去了记忆?

啊!从此之后,我将变得不再是我!

我会变成什么样子,会成为另外一个人?将来会变得更糟糕吗?还是越来越聪明,一切都会更好,因为有它的帮忙?

两天之后,我回到了北京,果然与女友和好如初,原因是发了那视频给她,她有点儿感动了。

这天晚上,我接到了黄先生的电话。他说能否把开封的文化和飞斧头的事情结合起来,写点东西,留给大家看看。

我说没有问题。

我不知道我将这些东西写出来之后,他还会不会记得,或许,他只当成一篇科幻小说。

但是,他的潜意识里,是记着要提醒我来记录这件事情的。

这说明,他没有骗我,也没有完全忘掉。

一切都是真的。

是吗?

而我,身体直到目前为止还没有任何特殊的变化。

我相信我会一直守护着那"时空茧",一切也会变得越来越好。

我在这里留下这篇记录,马上就发送过去。

此事是真是假,以后再难以判断。

我想,从此刻开始,开封地下悬斧之事,恐怕只有我一个人知道,也只有我一个人会真的相信。

你呢?看了之后,会不会相信?

织洞精弯

一

8月6日，迷迷糊糊，坐着高铁，不知不觉，八个多小时就过去了，穿越了许多的城市和村落，大地与荒漠，我也从中国雄鸡形版图的鸡心到了鸡腿部位。心里空空落落，各种思绪的纠缠和无名的伤感，都已经散去，不再潸然。

睁开眼睛。

贵州省毕节市织金县。新的世界，从未去过的地方。周围人影变幻，一张张陌生的面孔凑近，变得渐渐熟悉起来。这一个采风团，大概有六十多人，坐着一辆大巴、一辆小巴，前往那传说中神秘玄奇、气象恢宏的织金洞奇景。

我永远也不会想到，一次原本很愉快的采风活动，最后竟然竟成一场惊天动地的惊悚冒险之旅，一场有关宇宙和地球迷宫的烧脑事故。

"到了！"导游小姐用甜美的声音叫醒了车上昏昏沉沉的旅客们。我下了车，看了看手机上的讯息。

是一条新闻，来自《科技日报》，说的是：

意大利格兰萨索国家实验室某实验团队在地壳和更深层地幔中探测到中微子的反粒子——反中微子，地幔中的反中微子甚至占到总量的一半左右。

中微子几乎没有质量，是在放射性衰变中形成的中性带电粒子。中微子几乎不和其他粒子发生相互作用，每秒钟有数万亿中微子从我们身边经过，我们却全然不知。

研究人员确定地球内产生中微子的放射物铀和钍的比例，并且首次区分出反中微子是来自地壳还是来自深层地幔。而南极的冰立方探测器也在外太空寻找中微子时再次获得突破。冰立方团队已经探测到越来越多的中微子，他们探测到能量最高的中微子，能量超过2000万亿电子伏特，这些最新发现有助于物理学家们揭示暗物质等宇宙奥秘。

这个消息，对人类来说是一个巨大的发现，可是关注的人并没有多少，大多数人也不知道。中微子又叫微中子，是轻子的一种，是组成自然界的最基本的粒子之一，以接近光速运动。中微子个头小，不带电，可自由穿过地球，与其他物质的相互作用十分微弱，号称宇宙间的"隐身人"。科学界从预言它的存在到发现它，用了20多年的时间。现在科学家或侦测核反应堆，或侦测恒星，或侦测地心，就是为了捕捉海量中微子之中那一两个愿意现身的积极分子。而它们，也将供出物理学底层不为人知的秘密。

我大概看了几眼，心想，这和我们没关系，便关了手机，随着大伙儿进入了织金大峡谷内。

二

这条西南最长的电梯,大概108米;仅不到30秒钟,我们已然下落,进入了那狭长的深渊之中。耳听惊涛拍岸,流水激溅。往下看去,一条江水如玉蛇般,在深涧中蜿蜒爬行,怪石礁岩如龟壳密布,两岸青葱绿树如飞翅狂舞。我惊喜地发现,这哪是峡谷,分明是传说中的蛇身龟壳飞脚的神兽玄武。一时间恍然如梦,见那玄武直冲天际,撞破山峦之眉黛,顶破洞之穹庐,留下一个硕大无比的天顶巨洞,高悬游人头上。人在洞底,直如坐井观天,又如通过巨型望远镜,遥看苍穹,凝视星空。

我心情大好,叫道:"真是大自然的鬼斧神工啊!"其他游人也都啧啧称奇,惊叹不已。我玩心大起,正当我摆出一个顶天立地、拳破天开的姿势照相时,忽听到后面传来一声嘿嘿冷笑。回头一看,只见一个脸庞宽阔、目光犀利,身体健硕,穿着随意的暗灰格子衣服、黑牛仔裤的男子,手中握着一个手机,说道:"我来给你拍!"就咔嚓一声,给我拍了一张照片,接着说:"鬼斧神工吗?啧啧,我看未必,未必。"转身便走,脚步飞快,眨眼到了前方狭窄的山道内。

我一惊,这人是谁?采风团那么多人,当然未必都认识。不知怎么的,对他有股亲切之感,又觉得很是神秘。他手机里还有我的照片呢!我追了过去,想要和他交换个微信,传下照片,却一路没有见到他的踪影。施施然行走,就到了燕子洞口,成百上千、密密麻麻的燕子窝拱筑在层层叠叠的石壁悬崖下,恍惚间,黑云压至,如万燕归巢,眼睛一晃,却一只燕子也没有,心中颇觉奇异,向洞内信步而去。脚下泥泞路滑,耳听水声轰鸣,我加快脚步,想寻找刚才那古怪的男子。只见一块半月形的亮光,如手电筒散射至天际的银芒,从脚边蓬起,汹涌的轰鸣之音如雷贯耳,这才意识到,已至一瀑布跟前。我处于高悬的洞内,下面是峡谷瀑布,银花狂泻,如万马奔腾。回看那"天洞",忽然有人叫了一声"太阳神阿波罗"。我仔细一看,果然从此处看去,圆圆空空的洞口处,出现一个头戴金冠、手持权杖、高鼻深目的阿波罗太阳神之像。只见文友诗人松下正用手机拍摄,我也赶快一拍,又叫他给我拍一张,但拍出来的效果却颇为诡异——我的头是昏暗的,那太阳神也不再清晰。奇怪的是,若是没有人影,就能将阿波罗拍得十分清晰,冥冥之中,似乎预示着什么。我问松下,是否见到那穿着格子衣服的男子经过,他摇摇头,一片茫然。

我心想,那人怎么走得如此之快,我可是以小跑的速度前行的,便再次冲了过去。一道道石洞,一弯弯石道,却见到幽深的山腹空谷内,一片炫目的亮色,狭长地蔓延出去,一只轻舟漂于洞内小湖上,正缓缓向洞外冲去。看那舟上,似乎坐着一个人,不正是那格子衣服的男子吗?我口中大叫:"喂,等等!"回音嗡嗡作响,"等等等等等等"不绝于耳。我赶忙追去,他在洞内河道穿梭,我在洞壁石道奔走。按理应是我快,可等我跑出洞之后,竟不见轻舟,不见人影,只有一道飞瀑,冲泄出石门,水花在阳光下晶莹剔透,似乎凝结如冰凌,我误以为时间停止了,回头看时,水又在流动。难道他冲下了这悬崖?我心头一惊。

后面的松下跟上来,拉着我说:"干什么,快跟着去织金洞吧！"

我看电动观光车已载人来了，心想，那人真的有这么快的速度吗？一定要追上去问个清楚。我急忙坐上观光车，一路盘转而上，终于来到织金洞口。按照计划，这应该是第二个观赏点，那个人自然会出现在这里。只要足够快，我就能赶上他的脚步。我闪电般追了上去，看了门口的地形图，这里大概有六公里的长度，尚未完全开发，光是进去一趟到出来，保守估计也得两个多小时。我心中迫切有种愿望，一定要看到那个人为止。可在笔会名单上翻看了半天，也不知道他到底是谁，叫什么名字，从哪来的，他是在恶作剧逗我，还是说搞什么鬼？怎么看着会有种似曾相识的感觉呢？就在我想到这里的时候，记忆中的那张脸开始模糊了，我似乎渐渐开始忘记了。

只因这前面光怪陆离的景象，令我瞠目结舌，仿佛走入了一座座佛陀环绕的庄严世界之中。两边的石洞崖壁上，天然形成的佛像佛面佛头，宝相庄严，端然凝坐，有的怒目圆睁，有的慈悲微笑，有的拈花虚指，有的颔首点头，竟皆浑然天成，栩栩如生，大者其头达丈许，小者仅拇指大小。忽然有种万佛朝宗的感觉，我只想顶礼膜拜，却见神佛们笑眯乐呵，俱齐指前方。我定睛一看，前方果然有人影一闪，灰格子衣角飘荡。我说："嗨，老兄，我终于找到你了！"跳将过去，一把抓住他的胳膊，问道，"你是谁啊？"咔的一声，我抓到的是一块横亘的石笋，抓得太重，手都快破了。我急忙放手，揉揉眼睛，不敢相信，刚才看到的明明就是那人啊！

只听前方有甜美的声音传来："这便是织金洞的迎宾大厅，

广阔敞亮。大家可以回头看看，在阳光的照耀下，天窗上滴落的水珠仿佛洒下的万千铜钱，故而又名'落钱洞'。大家注意，这里比较凉，最好穿上衣服……"一群人围绕着一个导游小姐，向更深的洞底过去了。

我极为诧异，也跟着下去，不觉寒冷，只觉心中热血翻涌。那奇怪的人，或者是什么幻觉人影之类的事情，始终困扰着我，我要探问个明明白白。走到一侧钟乳石旁，突听到一阵哭泣之声，我循声走去，越听越是奇异，那不只是一个人的哭声，而是千万人在哭，在挣扎。地狱的死水中伸出曲张的手，是一种比死还要痛苦的尖叫和惊泣。我觉得耳膜都快要炸裂了，吓得只想逃离这片洞窟。回转身体，看到一根十几米高的钟乳石，顶部膨胀如莲，下面粗壮如柱，就像一朵巨大的蘑菇，但有无数的云团浓雾滚滚笼罩，甚是奇特怪异。"核爆！"我忽然听到一个声音在说，那声音似乎就是灰格子怪男的声音。我能听到他的声音，却看不见他，只见眼前的这根巨石柱，果然就像一团核弹爆炸后冲击波与核爆尘埃冉冉升起的蘑菇云，在溶洞内的红光黄光蓝光照射下，更显得色彩妖幻，核光烛天。那些来自地狱的声音，难道是这核爆带给人类的悲剧？奇怪的是，声音渐渐又没有了，我觉得此处极为诡异，阴风阵阵，心底发寒，便往前疾行。

不久，遇到了温文尔雅、才高八斗的发哥，便问他："有没有看到一个穿灰格子的男的，从这边经过？"发哥茫然地摇摇头，说："我是走在最前面的，怎么可能超过我呢！"我说："那我这就超过你了！"像兔子般，蹿过他的身边，到前面去了。发哥面前不久就陆陆续续有了人，却出现了分岔路口，一边指着让人升官，一边指着让人发财，到底走哪一条，任你自由选择。我想无论哪条路，终归走上的都是一条路，一条不归路。我觉得男左女右，便走了右边的那条；不一会儿，与走另外一条的人，会合在了一起。

远处便是寿星宫，两根造型特异的石笋拔地而起，上面又富于多元的变化，远看其侧影，就如两个老寿星互相鞠躬；到近处一看，两个老寿星合二为一，成为一个寿星老头的脑袋，须发飘然，宛然如生。背后只听有人道："那很像武士啊！"回头一看，是青年诗人松下到了，顺着他的手指方向，我赫然看到一个戴着盔甲的武士头颅，还有半边躯体，正从地上钻出，右手手臂上连着一柄长剑，正刺向他的对手。就在这时，那剑尖所指之处，灰格子衣服一动，我以为是那个男的来了，没想到却是另一张脸庞。那是多年前的记忆，那是我不幸的少年时代的最温暖的回忆，她就站在那里，对着我微微一笑，仿佛在说："你好吗？"

啊！我冲了过去，想要拉住她的手，想最后叫一声："妈妈！"可是拉到的却是一根冷冰冰的石笋。它站在那里，矗立千万年不动，上头一滴滴的水滴落下来，在它头顶上溅开了水花。

旁边传来导游小姐的声音："人们常说'滴水穿石'，但我们这溶洞内，却是'滴水生石'，不知几亿年的水滴下来，使得碳酸钙沉积，聚成了一座座的塔林，再看这个……"一群人跟着过去了，我也过去了，就看到她旁边是一株天然成形的乳白色石松，上面尖尖，下摆蓬松，枝繁叶茂，针叶横逸，树身浑圆，树皮斑驳，忽然彩灯照射过来，就变成了一棵五颜六色的圣诞彩树，真是蔚为奇观，令人惊叹。就在那石松之后，灰格子衣服一闪,我正要上前,却转过一张楚楚动人的脸来——梨花带雨,玉容寂寞,是她!这回不是妈妈,而是那个失去了联系的女友,我心底深深的罪痛。我大吃一惊,叫着她的名字,追了上去:"你终于见我了,你终于肯见我了。"我一脚收不住,差点就跌了出去,猛觉背后有人抓着我,我如大梦初醒,定睛一看,脚正踩在一块峭岩边缘,再踏一步,只怕就落入那上百米的深渊,摔个粉身碎骨。这一下,吓得我背后凉气直嗖,站稳脚跟,回头一看,一条灰格子袖子迅速脱去,往人群中钻。啊,是灰格子救了我啊!我赶快三步并作两步,追上前去,那灰格子又不见踪影了。

  我越想越不对劲儿,这人绝对是有问题的,他到底要干什么,他又是谁呢?我目光四下寻睃,看到一根长长的犹如金箍棒般的石笋直通穹顶,而那个穿灰格子衣服的男人正像猿猴一般,向上攀爬。我二话不说,也跟着冲过去,爬了上去,令人难以置信的是,下面还有众多游客,居然没有一个人跑来阻止的,大概以为这是什么表演之类的吧。当我爬到高处时,看到左边有一个洞穴,我小心翼翼地踏上前去,攀住洞缘,爬了进去,里面又阴暗又潮湿,还有一股股的冷气飘来。我忽听前面有动静,窸窸窣窣,有物爬行,我一把抓了过去,果然抓到了一条胳膊,往后一扯,那胳膊竟然脱落了,我大吃一惊!胳膊怎么会断了?还没想清楚,便因惯性作用,而仰天倒了下去。在我意识还清醒之时,我深刻感觉到,这一下去,就是从十几二十米的高处坠落,即使不死,也会摔成脑震荡,惨了惨了!刚想到这儿,"当!"脑袋犹如挨了一闷棍,整个人便如飘浮在虚空之中,下面有云层托着,向一个迷迷蒙蒙的地方飘了过去。

不知过了多久，我睁开眼睛，眼前黑漆漆的一片，什么光亮都没有。我的手似乎也不能动弹，脚也没有了意识，我害怕得差点大声叫起来了，却发现我连叫的控制力都没有，嗓子里发不出任何声响。我顿时想起，莫非我已经瘫痪，成了植物人了？我的大脑无法再控制身上的任何一块肌肉，甚至，连眼睛都看不见东西了，所以才觉得一片黑暗。我现在除了大脑还活着，身体的其他部分都不再是我的了。我会怎么样？身体的零件一个个都被拿下来，只有大脑还活着，那岂不是成了"缸中之脑"？每一个人，都通过大脑来接触外界的信息，如果这个世界是虚拟的，那么我们每一个人，岂不都是"缸中之脑"？而我这个"缸中之脑"的"缸中之脑"，又算什么呢？

胡思乱想中，忽觉脸颊边凉凉的，似有什么东西爬过，难道是蛇？不，蛇很滑腻，这东西，就像是一串小水珠凝聚出来的，又凉，又痒。接着，身体上同样有了这样的感觉，眼前仿佛有金色的闪电划过——啊，我庆幸我又能看到东西了。那些细碎的金线，如罅隙透出的光，如劈云斩雾的电，纵横交错，绵密分合。那些溶洞上造型各异的佛陀，版画，雕刻，图案，很快就显露出来了，仿佛一个巨人，用电光来打毛线，编织出一幅幅精美的图案，更兼具雕刻之功，把枯燥的洞壁编雕成一幅幅既抽象又具体，既古典又后现代主义的图画与雕塑。就在这时，我看到一个个小拇指大小的金色人儿，正用力从洞壁上破壳而出，将身体拉长，化为一条细细的金线。我只觉不可思议，心想，幻觉，肯定是幻觉，又尝试着咬自己的舌头，疼得颤抖，这不是幻觉啊！陡然间，身体不知怎么有了力气，向前爬了过去，想去捏那些小人,看看是怎么回事。

只听有人叫道:"在这,在这!"一道明晃晃的亮光自前方射了过来,一条长长的胳膊伸了过来,一把将我从地上拖了过去,又拎了起来。一看眼前那人,黝黑粗犷的脸庞,炯炯有神的大眼睛,身穿暗色系的格子衣服,这不就是那个格子男吗?我又惊又喜,又有些恼火,一把将这胳膊牢牢攥在手中,道:"好家伙,可算逮到你了!"

格子男觉得莫名其妙,说:"兄弟,你怎么了?脑子糊涂了?来,到这里来!"他虽然没有我高大,但是劲力十足,我居然拉不过他,反而给他拽着往洞外走去。眼前豁然一亮,居然就快到洞口了。这次活动的队长张总、祝女侠、诗人松下,艺术家发哥等都在那等着我,一看到格子男拉着我过来,他们都齐齐围了上来,问长问短,问有没有事。我说没事,指着格子男:"你是谁?把我骗进高处的洞里面去,怎么一转眼,就到洞口了呢?"格子男惊讶地说:"我?我一直陪着祝女侠啊,什么时候骗你进洞口里了?"祝女侠也点头说:"是啊,我脚崴了,他一直在旁边照顾我,没有离开过。"我冷笑道:"是吗?他还帮我拍了张照片呢!"格子男惊讶道:"什么?这不可能,我什么时候帮你拍过照片了?"我说:"你翻你的手机相册。"格子男将手机拿出来,在众目睽睽之下,翻开相册给我们看,里面只有几张美女照片,和一些其他人的照片以及风景的照片,哪有我的照片。我说:"那一定是你删掉了,你还三番五次地跑出来吓我,我看到你爬上'金箍棒'去,我才跟着爬过去的,哪晓得陷入坑洞内去了。"格子男一脸茫然,无可奈何。祝女侠说:"超侠,你走错路了吧,昏头了吧？罗大哥一直陪着我呢，怎么会跟你开这种无聊的玩笑？"我问道："什么，你姓罗？"他说："是啊，你叫我罗锅就好。""锅"在这里的方言里，与"哥"同音。我默默地念着："罗，罗，罗……"我妈妈也姓罗，可是她已经逝世了。我想那些大概都是误会，也就不再理会。回到房间后，我翻开手册查看，在我的记忆中，根本没有一个姓罗的人在采风团的名单之中，为什么这会儿无端地冒出来了呢？如果真有人姓罗，我必定记得很清楚。等我翻到第三页的时候，居然真的发现了罗锅的名字。这令我感到十分困惑，难道我先前真的没有看见？这怎么可能啊！

三

吃了晚饭，外面搞起了织金洞彝族篝火晚会。一堆熊熊烈焰在广场上跳动，豪迈勇猛的小伙子们精赤胸膛，黑衫飘荡，将手中的火把舞成游龙，喷出烈酒，火舌吞吐，像一个个绽开了金色巨莲。火焰在他们身上滚动，滚出条条黝黑的肌肉，却烧不破他们坚硬的皮肤，大家都为他们的英勇表演而欢呼。随着彝族乐器巴乌奏响的美妙动听的音乐，彩蝶般飞舞的彝族姑娘们纷至沓来，如同仙女下凡，翩跹回转，如梦如幻，献上一杯杯美酒。大家喝了酒，手牵着手，围绕着火堆，跳起了"火把舞"。我忽然看到她站在不远的火堆之后，情不自禁地冲了过去，眼泪几乎要流下来了。我们牵着手，跳了很久很久，直到我跳醉了，跳晕了，才发现她已经走了。是的，其实，她早就已经走了，不会回来了。我再也找不到她了，生命中的一部分被剥离干净，不复重来。当晚，我酩酊大醉。

　　第二天一早，醒来后，还有些眩晕的感觉。她，怎么可能出现在这里呢？那一定是思念产生的幻觉，但为什么我又切切实实地握着她的手呢？吃早餐的时候，我问松下昨天和我跳舞的人是谁，松下说："你根本没有跳过舞。"我摇头道："不，这不可能，我明明抓着一个人的手跳舞的。"罗锅走了过来，冷冷地说："你抓的是我的手。"我差点跌倒，说："怎么可能，怎么可能？"罗锅笑了笑，径自上了车。我追上去问："昨天你明明没去火把节啊，我怎么没看到你呢？"罗锅说："怎么可能，我一直就在你身后。"我一怔，愣住了。后面的几个作家上了车，分坐左右。我坐在前头，仔细想前想后，印象中，均无罗锅的身影。这令我有种莫名其妙的恐惧感。回头我问他，他是哪里人，怎么会在这，他说老家是江西的。又是江西！我想起了过世的母亲，分手的女友，均和江西有莫大的关系。母亲来自江西的罗家，到云南当了知青。女友曾经几次去过江西，后来失踪了。更有我妹妹的前男友也是江西的……这些事情真是生拉硬扯，牵强附会地串在了一块儿，或者我的脑子出了问题了。山路崎岖坎坷，根本就不算是路，车子颠簸摇晃，上下跳荡，有个小青年都给颠吐了。车子在山道边缘缓慢地行驶，稍有一个不小心，就怕要滚落深山老涧。更恐怖的是对向有车驶来，在只容一车行走的泥路上与我们擦身而过。那比羊肠还翻腾扭转的小道，竟会有一百六十度的大转弯。司机真不愧是贵州山里的司机，在保持速度的同时，还能类似漂移的一个大转弯，安然将车子驶到了目的地。

　　眼前是一座挺拔俊秀的古碉楼，像是孤独的猎人，潜伏在崇山峻岭之间，露出一只独眼，瞄准了远方来袭的敌人。镇长给我们介绍说，这便是龙场镇的营上古寨，我愕然问："营上古寨？"罗锅说："昨天不是说了，今天要来这里吗？"我一看人数，只有七个人，便问："其他人呢？"罗锅说："到各自的地方去了啊，你怎么忘记了？"我愕然道："是吗？"跟着镇长的脚步走过去，进入一座小小的四合院内，门上古老的红漆脱落，木雕窗花，厢房整洁，听介绍说是刘家大院。眨眼之间，我看到一只身体光溜赤红、羽毛残破的怪鸡，从房门外跑过。那是什么？我觉得很是吃惊，只见那怪鸡跑到后院去了。我随着它一路追随，却不见踪影，只见到一个小男孩，头大如斗，耳垂圆大，眼睛半闭半睁，从我面前慢悠悠地走过。这小男孩似曾相识，像是什么佛陀的脑袋，又如同外星人般神秘。他走过我身边后，我一回头，他不见了，还是那只古怪而丑陋的鸡，快速地跑过石地。我想起了《神雕侠侣》里面的丑陋怪雕，与此鸡差不多的样貌，只是这鸡只有手掌般大小，明显是缩小版的怪雕。跟着它过去一瞧，又不见了，一个满脸红光的老人和一个小女孩坐在门口，笑眯眯地望着我呢。我奇怪了，这里不是旅游景点吗，怎么会有人住？镇长过来说，这里的古建筑已经进入国家古村落文化遗产名录，因此不能拆建，但它们又是属于个人的；这山路要出去镇上都得走几个小时，很多居民都出去打工了，只剩下些留守的老人和儿童在这住着，看着家；在镇上给他们盖了房子，请他们去镇上住，这里就留下来当作观光之地，但房产还是属于他们的，希望他们不要自行拆建；有很多家都没人了，也联系不上，屋子里面的贵重物品，也都帮他们寄存好了。我点点头，继续留心寻找那怪鸡的下落，一家家门户看过去，还有20世纪的大字报。许多家的破门老屋，黑洞洞摇摇欲坠的木房，不知经历了多少年的风雨。那只怪鸡却不见踪影了。我百思不得其解之际，罗锅上前来说了一句："其实，那是斗鸡。"怪事了，他怎么知道我看到那怪鸡，又怎知我在寻找怪鸡？我刚要问，他微笑一指，两只怪鸡互相啄斗着自房门后走出来，跳跳跃跃，剥剥啄啄地离开了。

  我闭上眼睛，恍了一会儿神，睁开眼睛，竟一个人都没有了，刚才的那群人呢？去哪了？我走出刘家大院，问旁边的老乡，老乡指指点点，不明所以。我看旁边有条山道，便随路而上，快步奔跑良久，果然看到罗锅站在一旁，像是等着我的到来。不知怎的，我心里觉得很是亲切，说了我母亲的事情，最后说："难道我们也是亲戚，你是我的表哥不成？"他哈哈大笑三声，就认定了我这个表弟。我往山下看了一眼，正好看到一条卧在泥地里的老牛，哞地怪叫了一声，眼神极为恐惧，像是见到了什么诡异之事。我再一扭头，罗锅又不见了。我跟着冲上前，绕着山石小路爬坡前行，肚子有点饿得咕咕叫了。旁边的一个门户中，传来一阵香甜的玉米味道，一个老乡拿着煮熟的玉米过来，塞到我手中，我又惊又喜，根本不敢相信，连声道谢，心想："怎么会有这么好的事，心想事成呢？"玉米热乎乎的，心里热乎乎的，吃一口，甜嫩香糯，忙过去给大伙儿一起分食。

  又遇到几头老牛，或卧或站。它们一见到我，就避开了眼睛，不敢再看，我有这么凶吗？心里隐隐觉得不对，像是身后站着什么似的。据说牛眼能够看到魂灵，不知是真是假，那么，它们到底看到了什么？我回头一抓，什么都没抓到，罗锅却笑呵呵从我身后走来。我又有点莫名其妙了，我不是走在最后面吗，他早就在前面了啊，什么时候又绕到我的后面来了呢？看着他扬长而去，消失在草丛之中，我也追了过去。眼前豁然开朗，居然到了一处悬崖之上，前面是两座险峻高峭的山峰，如巨斧直劈而成，下方则是一片广阔饱满的田坝，当中有一条晶莹如带的水流。镇长说，这就是干河坝子，肥沃得很，当中的河流会带来养分，时而断流，庄稼长在上面，不用施肥，就能十分旺盛饱满。真是沃野千里，上天赐予。正感慨间，却听到身后有人一声叹息道："若当年地质运动再大点力，就能将这劈成一块大峡谷，可惜，可惜……"言语颇为遗憾，令我一阵惊愣，慢慢转头一看，果然又是罗锅。

我想象当年地质运动的庞大和磅礴，惊险而神秘，不知怎么的，造就了这样的奇迹。我们又往坡下走去了，不一会儿，便看到了一座高山之中，生生被挖出了一个洞穴，就像是一只巨大的眼睛，镶嵌在高山之内。细细一看，那高山如同一只猛犸巨象，长鼻弯曲，獠牙翻飞，那孔洞就在象鼻之处。其间隐隐约约，立着几座房子。我有点儿不敢相信自己的眼睛，这洞内怎么会有房屋呢？走到近处一看，果然见那山洞之内，有一堵厚厚石墙，上面开了一道木门；走进其中，一座原始的茅屋矗立眼前。它头上的茅草黑白斑驳，宛如老人的　头银丝，但木屋还身体硬朗，昂首挺胸，据说已有一百五十多年的历史。里面有天然的山泉流动而出，还有天然的观音佛像立于山壁。镇长说，这就是洞房，洞中有房，房中有洞，天然形成，冬暖夏凉，这户人家实在是太会选址了。

我们喝了杯茶,主人任我们随意观看。我往洞房内部走去,穿过一扇小门,一脚落地,吓得差点大叫出声——凉风迎面吹来,脚下是片玉米地,这个石洞直接面对外界,没有任何护栏阻隔,只要踏错一步,就陷入万劫不复的深渊。我叫道:"这也太恐怖了,怎么卧室里面有个洞?要是喝醉了,或者走错路了,那岂不是掉下山崖了?"罗锅笑道:"这里打麻将还真不错!"他说着,走到了我的前面去,向着山崖边缘,泰然自若地走近。我叫道:"小心!"他忽然脚步一晃,如移形换影,绕到了我的身后,我觉得一双手掌,重重地拍在我的脊梁上,啪!我向那万丈深渊跌了下去。

轰轰隆隆!身体四肢都疼得要命,头脑发蒙中,我看到山路在跟前游走,不,是我在游走,我成了孤魂野鬼了吗?我的尸体在哪里呢?

车子陡然拐了一个三维立体的近乎一百八十度的弯,既是从前往后拐,又是从上往下拐。我从梦中惊醒过来,看到罗锅坐在我旁边,我连忙往后一缩,问道:"你想怎么样?"罗锅说:"你晕倒了,可能是太累了,我们到苗寨去,喝碗水酒,你就会好起来的。"

我百思不得其解,明明感觉到有人将我推下了山崖,怎么会一眨眼,又回到了车上去?我是怎么回到车里来的?往车外看去,后面跟着一辆面包车,车上写着"火葬场宣传"等字样。什么?火葬场,还宣传?这是什么鬼车?看着车里的男男女女,似乎都闭目睡着了。我走到前排,看了司机一眼,司机似乎也是闭着眼睛的,我吓得心脏都快跳出来了。忽然车子向一条烂石路狂奔,骤然停住。

前方传来了一阵动听的呜呜之声,是苗寨的芦笙之歌。我们下了车来,前面是一所学校,学校门口两侧,站满了穿着苗族裙摆、缀着银色亮片的苗族姑娘们。守在前面的一个,提着酒壶,端着高脚杯,唱起了高亢嘹亮的苗歌,仿佛守着山寨的美女大王。若不喝上一杯,休想过去。我们一个个都被她唱得迷住了,酒到口边,不能不喝,喝了一杯又一杯,总算到了学校里面。大伙儿围着圈子,跳起舞蹈,芦笙悠悠,舞步灵动,水酒纷至沓来。我奇怪为什么总是给我喝,胸口热辣辣的,罗锅说:"快,喝一杯,我帮你拍照。"我拍了一张又一张,总是不满意,最后,又反过来给罗锅拍。不知不觉,头脑眩晕,我似乎看到了离我而去的她,在舞场的中心对着我招手,眼泪汪汪地看着我。昨天晚上的火把节也是她,今天下午的苗舞也有她,她是从哪里冒出来的?我找了你很久很久,你知道吗?为什么你不回答我?我知道我没有醉,我知道,那必定是她。

四

不知不觉,已醉倒在地,睁开眼睛,又是新的一天。我去找罗锅,众人却说没有这个人。我去找负责人祝女侠,问罗锅所在。祝女侠一脸茫然,摇头说:"罗锅,没有什么罗锅啊,这次采风,根本就没有一个姓罗的人哪!"我当即眼前一黑,犹如遭了一拳似的,说:"不可能啊,怎么能没有这个人呢?你腿疼的时候,还是他扶着你下山的啊!"祝女侠盯着我看,说:"没有啊,你看手册,上面哪有罗锅?"我赶快翻看手册,真的是没有这个人啊。问题是，我明明记得，原先没有，后来手册上有了；而现在我记得有，手册上却没有。

事情变得越来越古怪了。

我去问松下、发哥等人，他们均摇头说，没有见过，也没有听说过罗锅这个人。

我先是倒吸一口冷气，继而冷静下来，慢慢分析这件事情，难道我看到的，会是鬼？是幽灵吗？不会啊，他和我们待了这么几天，确实有种种怪异的地方，但怎么可能是幽灵？世界上哪有幽灵，真是贻笑大方。对了，我还有证据。我拿出手机，找到昨天的照片，给罗锅拍摄的喝苗寨迎宾酒的照片，可是照片上找来找去，只有我，根本就没有他的影子；甚至只是一些空镜，他的形象全无，但是照片上可以看出，当时空着的那个位置确实是有一个人的。这一下子，我彻底蒙了，难道这几天陪着我们的这个罗锅，根本就不是一个人吗？那他又是谁，或者说，是什么神秘的生命体呢？

不行，不行，我要去查看个究竟。

那么，从哪里查起呢？

他是在织金大峡谷遇到我们的，那就应该从那边开始查起，至少，得去那个地方，看个究竟，看个明白。

带着手电筒，拿着干粮和水壶，我踏上了黑暗的夜路，行了两三公里左右，渐渐到了织金洞旁。晚上没有人看着，我用手电筒在洞口扫射了一下，心想："晚上一个人进去，会看到什么？"想起那些一条条如金线编织的金色小人，那是奇异的幻象，还是真实的怪事呢？我好奇心大起，便翻过了围栏，进入了织金洞内。不远处，火光一闪，我吓了一跳，连忙关闭了手电筒，躲在暗处，查看究竟。

天啊，石壁上面，竟然出现了一幅图像，是罗锅的脸和身体；更看到我的影像，就像是一台三维立体摄影机拍摄出的画面和内容似的。随着石壁上光影变动，我像是看到了从火车上开始，就有一台摄影机在偷偷跟随着我，接着是我去登记，入住房间，洗澡，吃饭；参观大峡谷时，罗锅骤然出现，前行，消失，我追踪，爬上金箍棒，跌入洞穴；参加火把节，探寻上营古寨，步入洞房内的深渊等影像。我看得目瞪口呆，喃喃道："这不可能，这不可能！"

眼前石壁上的影像不见了，只有罗锅的一双眼睛，若隐若现。他说："这没有什么不可能，你难道不知道，我们，其实就在它的大脑里？"

我吓了一跳，不知他的影像怎么还能和我说话，只是觉得这句话十分恐怖，问道："什……什……什么……大脑？"

罗锅说："你不觉得，这溶洞内部的情形，和脑沟回和脑花很类似吗？脑花，你不是很爱吃吗？溶洞啊溶洞，是地球的记忆，是地球的大脑，它，正在思考，正在观测。"

我一时还没时间去体会那句话，只是问道："你……你……你是谁？"

罗锅说："我是谁，并不重要，可以说，我就是它，它也就是你，既然可以沟通，那么是谁，又有什么分别？"

我慢慢冷静下来，心想：不会是什么恶作剧吧？目光游移，查看这里是否暗藏着投影仪之类的东西。

罗锅说道："不用找了，这影壁，就是你内心的体现。影壁结构和摄影机工作原理一样，如眼睛般注视着来来往往的人群，刻录下他们的言行举止，在它们眼中，你们只是冰虫一般，难解夏语。它们的活动，缓慢，迟钝，动个身体，看上一眼，都要几万年，而你们，早已不知过了多少代。"

我似乎明白了，问道："这么说，你的意思是，这些溶洞，都是活的咯？"

罗锅说："不但是活的，连整座山，整个大地，整片大海，整个地球，不都是活的吗？你们的一举一动，都记录在它的眼中，你看看那溶洞内的核弹蘑菇云，那松树，那老翁，那是它脑子里的反映，雕塑出来的人类活动的记忆。你们以为是发现了新奇的喀斯特地形奇观，你又怎知道，这不是它故意开放给你们，吸引你们进来之后，进行观察的结果？正如放着一块蛋糕，吸引无数的小蚂蚁过来玩耍，再将他们放到玻璃瓶子里去一样。"

我问道："你为什么要告诉我这些，你有什么目的？"

罗锅说："没有什么目的。你喜欢科技幻想与探险，是你的思绪，把你的母亲、你的恋人、你的朋友，合成了这样一个我，一个你的内心影像，指引你来寻求一个答案而已。"

我问道："什么答案？我需要什么答案？"

罗锅说："你的答案，就是你的问题，过去已经逝去，但逝去，并不代表失去。时间也是一个记忆的溶洞，把过往全部凝结，有一天，你以更高的维度来观察的话，发现那些消失的东西、事件，根本未曾消失。你的希望，你的失望，都在里面，你不需要再那么悲伤。你的愿望，已经自踏入洞中之时，就实现了。"

我觉得太过于莫名其妙了，但是他的身影在石壁上渐渐地隐没，不见了。我冲过去，抚摸着那石壁，看到金线缭绕，一个个金色的小精灵，仿佛在编织着一块块奇怪的雕塑。石壁，造型，影像，一个个美丽的梦幻。我敢相信，溶洞之内，还有其他问题。科学上说，碳酸钙遇到溶有二氧化碳的水时就会变成可溶性的碳酸氢钙，而溶有碳酸氢钙的水如果受热或遇压强突然变小，溶在水中的碳酸氢钙就会分解，重新变成碳酸钙沉积下来。同时放出二氧化碳。自然界中不断发生上述反应，于是就形成了溶洞中的各种景观。石钟乳，石笋，石幔，石花，石藤，等等，都这样不断地变了出来。但事实上，这是洞穴大脑神经元和沟回的活动，它们在记忆，在思考，在观察。是吗？

我轻轻地敲动石壁，发现里面有哐哐之音，轻轻一推，石壁果然露出了一个窟窿。我走了进去，竟是一处石穴。我看到一个腐烂了的皮包，还有一堆石化的人体骷髅模样的东西。翻开皮包来看，有一张印着繁体字的证明，我只看清楚那个人姓罗，后面就模糊了。我心中怦怦乱跳，脊背发凉，暗忖，那个罗锅，难道真的是死去了上百年的幽灵，指引我来到这山洞，走出内心的苦痛？而我们每一个人，都曾经迷失在伤心往事的迷宫中，却很难有人指引我们出洞。

我昂然地走了出去，出门一看，不知怎的，竟到了那一百多年的老茅草房前。那户人家出来围着我看，惊讶不已。我说："想必这里和织金洞内是有地下通道联系的，所以，我就来到这里了。"那户人家说："过去这里叫打鸡洞，就是养着很多鸡，有许许多多的鸡窝，野生放养着，想吃鸡了，去打了来吃，想不到却打破了洞，将织金洞打出来了，洞内有洞，回环迂绕，通到了这里。过去我的先人曾经去洞内寻找过通道，可是他却消失了。"我将那张身份证明拿给他们看，他们又带我去堂屋房内，翻出过去的老照片，其中一张，与那位神出鬼没的罗锅几乎一模一样。我感到相当好奇，那织金洞不但能制造影像幽灵，还能制造出一个具体的人来吗？还是说，这一切都是记忆中的伪造品？

8月11日，回北京途中，于火车上静静思索。蓦地，心中豁然开朗了，那些逝去的爱与痛，仿佛全都抛诸脑后，我想到的，就是关于溶洞结构与人脑沟回类似的样子。如果上面有某种不知名的微生物进行联系的话，岂不是形成的是一个生物电脑？整个世界的溶洞，通过地幔联系在一起，一起进行思考，一起对人类进行观测，那么，它们究竟是要干什么呢？但，这又怎么可能？

叮的一声，手机里《科技新闻》的短信又来了，题目是：宇宙中最神秘的粒子并非暗物质，疑似反中微子形成了地球。单是这个题目就令我大吃一惊了，我甚至没有往下翻看。接着，又是一条新闻：一个国际研究小组发现宇宙正在慢慢"衰老"，随着时间的流逝亮度越来越低，数十亿年后甚至会彻底"熄灭"。

想起前几天的那条有关反中微子的科技探索新闻，我头脑里渐渐形成了一个想法，若是反中微子来自深层的地幔，那么它是不是一种代表地球思考的信息？这说明溶洞、地下世界，等等，都是正在进行思维活动或者意识活动的生命体。只是，它们反应很慢，它们的时间概念和我们全然不同：我们思考一件事情可能只要一秒钟，它们思考一件事情，则可能需要一万年。它难以捕捉，难以探寻，也许只有人类的思维，能够与它同频感应。就像无数思维的精灵，编制出各种各样的洞穴，像天穹一样庞大和壮美。织洞精穹，穷尽金洞。思维活动，意识产生，是不是某种量子活动呢？如果是的话，那它其实就是与"我意识"沟通，借用这个意识，凭空生出一个幽灵罗锅来。它们蚀刻洞壁，形成的壁画、雕塑，又类似于人类发明的电路板，传输它们自己的讯息，或者像是人类的3D打印机，打印出它们自己的艺术品。而那罗锅，莫不是它们的4D甚至5D的打印品，就像智能影像机器人一样，随时随地出现，帮你解决问题。又如龙场镇一样，镇政府为民着想，但人民却有自己的想法，互相不回应，误会就产生了。因为两种不同生命体的理解不一样，幽灵就出现了吗？只有借助它才能沟通吗？

就这样，我把迷惘的心灵困惑解开，感到宇宙的神奇，心灵的安定，对宇宙有种宗教般的崇拜。

五

迷迷糊糊中，又悄然入睡了。不知不觉间，听到乘务员对我说："先生，先生，到了，到了，请下车。"我睁开眼睛一看，说："啊，到了吗？到北京了吗？"乘务员用贵州普通话对我说："不是啊，先生，到贵阳北站了！"我跳了起来："啊，怎么回事，我是回北京的高铁啊！"乘务员说："先生，你看清楚，这是从北京西到贵阳北的啊！"我拿出车票一看，真的是"北京西—贵阳北"，我一下子呆在了那里。然后脑子迅速冷静，盯着车上的日期一看，8月6日。啊？这不是我去贵州的那天吗？怎么回事？时光倒流，回溯到8月6日了吗？那这几天的时间都去哪了？我明明是8月11日从贵阳北返回北京的啊！怎么现在居然是……我看着空荡荡的车厢，浑身瘫软，双脚发颤。难道这几天的感知，都是梦中的预感，一切没有发生？还是说时间线发生了改变，我的记忆也发生了改变？

难道，要重新走一次织金洞吗？

我硬着头皮下了车。车外，站着一个穿暗灰格子衣服，宽脸庞、大眼睛，面目和善的男子。他迎了过来，我大叫一声："罗锅？"那人吃惊道："你怎么知道我姓罗？我叫罗士。"说着，递给我采风手册。我一翻开，里面果然有他的名字。路上，我看到无数的小饭店，都写着"烙锅"二字，是贵州流行的铁锅烧烤美食。难道是因为见到了"烙锅"，才想起了"罗锅"吗？到了酒店，组织我们去采风的祝女侠过来了，我就问他有关罗锅的事情。她说他是临时加上去的，是朋友的朋友带着他来玩，就不管三七二十一，硬拉着他来一起采风游玩，当个导游的。

我想起四天前发生的场景，与现在的情形类似，又或者那一切都是记忆中的预测，与现状差不了多少。这到底是怎么回事，是那些什么反中微子造成的吗？反中微子从地幔上传递某种思维，是借助溶洞，给我发出什么讯息吗？再次看到溶洞中那爆炸般的场景，那墙壁上犹如中国版图般的画面时，我隐隐觉得，一定是要发生什么大事。有一个偌大的窟窿，在雄鸡形版图的大约脖子的位置上。

几天过后，没有发生什么，我玩得很是开心，还去了黄果树瀑布。返回途中，我越来越觉得不对劲儿，再仔细看织金洞内拍摄的照片时，我发现天津的那个位置上，有一个巨大的蘑菇云正在绽开。

我并未意识到那是什么，匆忙记录下这篇文章。

而这一天，是 8 月 11 日。

8 月 12 日很快就会到来。

时间晶体

遇到晶,是我一生最美丽的青春记忆,也是永难忘怀的痛苦追忆。

如今,我垂垂老矣,回首前尘往事,不由深深自责,深深悔痛。

对她,对我。

是对,是错?

——题记

一

夏日的傍晚,夕阳西下。落日的余晖,洒得海面金鳞万点。海风吹来,腥腥鲜鲜而富有浓郁的欢快气息。

我们一群喜欢游泳的小伙伴,就是在这时候捞到晶的。

她姓甚名谁,我们都不知道。她来自大海,她睡在那晶体之中。

她像一颗珍珠,珍藏于海贝之内。

夜色降临,海面上的白色浪花,又亮又狂,如蛇行迤逦,似游龙夭矫。

大海巨浪，突然高高跃起，掀起一堵墙，更暴涨成一座山。

海浪向我们扑下，小伙伴们四散奔逃，只有我静定站立，眼睛直看着那海浪山，不惧，不怕。

只因我已凄迷。

海浪山之上，有一点光，溶溶濛濛，渲染成一团柔美的、优雅的，一片羽毛，一朵小花。

我多想将它拈住，放在手心。

我去抓它，海山澎湃而下，海边礁石轰鸣，帆船碎散。

我却安然无事，因为我已将它捉住，捧在手心。

一颗小小的，椭圆形，如桃核的淡黄色晶体。

一闪一闪，骤明骤暗，像水晶灯。

更离谱的是，里面竟有一个小小的人，长长的头发，长长的睫毛，红红的小嘴，穿着贝壳亮片绣缀的连衣裙。这是一个雕琢细腻、栩栩如生的女孩。

她睡在里面，只有指头大小，却像是活的一样。

不，她真的是活的。

我看见她睁开眼睛，伸伸懒腰，爬了起来，这发着橘色光的透明晶体瞬间消散。她从我的手心中站起，落到地上，不再是指头那么小，而是正常大小的十四五岁的女孩了。

我惊讶地打量着她，她也好奇地打量着我，眼睛里深邃的蓝芒闪烁。

我如梦初醒，这才发现大海的浪山正当头打下。我吓得正想逃跑，却来不及了，巨浪已到跟前。我惊慌失措，却不见任何水体袭击，原来海水自头顶、自身边奔涌而去，就像有透明的玻璃笼罩我们四周。

女孩四周发着淡淡的光晕,就像是白玉雕成的发光体,光的能量又将我们包围,抵挡住外界的海水。

女孩有些吃惊,有些慌乱,问道:"你是谁?"

我更是惊讶,问道:"你又是谁?你怎么会从大海中出现,还被镶嵌在一片水晶体内呢?你是怎么变大的呢?你刚才只有指头大小啊!"我连问了她好几个问题。

女孩四下里看看,正色道:"这是我的时间保护壳,你想干什么?"

"时间保护壳?"我还从来没听说过,摇摇头,说,"你是从哪里来的呢?"

女孩战战兢兢地回头看看大海,没有说话。

我明白了,她是从大海里来的,难道她是海的女儿?

根据我的推理,她要么是某种科学的产物,要么是外星来客,要么是海底人形生物。

总之,不可能是普通人类吧!

我拉着她的手,她本能地退缩,我紧紧攥住了。她的手心都是汗,十分紧张的样子。

我说:"别怕,别怕!我带你去找我叔叔——他是个科学家!"

"这是哪里?这里,很好,很好啊!"她喃喃地说,"我等到了,我等到了!"

我带着她,走过海啸暴虐过的海岸,坐车到了城里,去找我的叔叔胡博士。

二

胡博士住在科学院里，是公认的学识渊博的老科学家。这么晚了，他还在工作。当见我带着一个女孩来找他时，他摆摆手，对我说："我没工夫听你胡说！"

我说："她真的是我从大海里找来的，她没有名字，封印在一片晶体里，她说那是'时间保护壳'，那我就叫她阿晶吧！"

女孩念了一句："阿晶。"点点头。她的脸颊，自然而然，散发出淡黄色的光晕，神秘又美丽。

胡博士大吃一惊，说："过来，让我检查一下！"

女孩躺在核磁扫描设备上检查之后，胡博士惊得倒退三步，几乎跌坐在地。

他大口大口地喘息，口里反复说着四个字："时间晶体，时间晶体，时间晶体……"

我好奇地问："不是'时间外壳'吗，怎么是'时间晶体'？什么意思？"

胡博士定定神，说："时间晶体，是一种四维的晶体，在时空中拥有一种周期性结构。常规晶体是一个三维物体，它们的内部原子按照规则的顺序重复排列而构成。时间晶体却能自发破坏时间平移的对称性。它可以随着时间改变，但是会持续回到它开始时的相同形态，就如钟表内移动的指针会周期性地回到它的原始位置。与普通的钟或者其他周期性的过程不同的是，时间晶体和空间晶体都是最低限度的能量的一种状态。可以将它看作是一只可以永远保持走时精确无误的钟，即便是在宇宙达到热寂之后也是如此。也就是说,它能封印住时间,直到永恒。"

我说:"这怎么可能,这显然就是科幻嘛!"

胡博士摇头说:"不。时间晶体的理论,是2012年初,由诺贝尔物理学奖得主中科院外籍院士弗朗克·维尔切克提出的。而2017年2月9日,马里兰大学联合量子研究所与加州大学伯克利分校组成的合作团队利用离子阱——一种利用电场来将某一带电粒子固定在某一位置上的装置,将这些离子组成一个环状的晶体。这是因为当离子在极低温度条件下被捕获时,它们会相互排斥。随后科学家施加一个微弱的静磁场,它将驱动电子自旋。量子力学指出,离子的自旋能量必须大于0,即便是在这个电子环已经被冷冻至最低能级的情况下也是如此。在这种状态下,已经不需要电场和磁场来帮助维持这一晶体的形状以及组成它的各个离子的自旋。这样做的结果就是获得一个时间晶体,或者更准确地说是一个时空晶体,因为这个离子环不仅在时间上,在空间上也是不断重复着自身。另外,他们将10个镱原子排成一列,然后用两束激光交替轰击它们,使得这些原子进入一种稳定且重复的自旋翻转模式,由此也制造出了时间晶体。"

我说:"听了半天,真的太复杂了,我估计很多人都听不懂呢。那阿晶是怎么了?"

胡博士说:"她的身上,笼罩着时间晶体能量,不知道循环了多少年了,上一次,或许是四十六亿年前!"

我大惊:"什么?那……那……那她岂不是和地球同时诞生的?"

胡博士皱眉说:"或许,还在那之前!"

我愕然道："那是史前？"

胡博士说："各种神话传说中，都有世界被洪水淹没的故事。也许史前时代，她就被埋在了海底。如今，她来了，不知道会给这个世界带来灾难，还是……"

我倒吸一口冷气，说："什么？怎么会带来灾难呢？"

阿晶突然说："会带来灾难的。我们那时候，天地都是昏暗的，巨怪张口吞没了日月，大地上火龙横行。为了逃避那些，父亲才给我造了时间保护壳，他说要让我在最美好的时代醒来，让我永远保存在美好的世界。"

我吓了一跳，说："你知道我们在说什么吗？"

阿晶点点头，又摇摇头，她笑着说："我的语言翻译器似乎有点问题。"

胡博士将我拉到一边，说："我留下她的一缕头发做研究。这样大规模的时间晶体到底是怎么实现的，怎么保护她的，很多方面，都值得研究。你这几天带她到处转转，别让任何人看出她有问题，否则她这样的史前人类，或者是什么外星来客，被科学狂人抓住了，一定会被拿去做实验的，解剖啊，电击啊……恐怖得很，明白吗？"

我微微一点下巴，摇摇头，说："不对啊，你不就是科学狂人吗？"

胡博士说："嗯，对啊，等我研究清楚她身上的细胞和时间晶体的状况再说。总之，你就说她是你表妹，你带着她到学校里玩玩吧！"

我明白了，胡博士这是不想囚禁她，又不能不看着她。

于是，我就先让她住在胡博士家，每天都带着她到外面玩。

她对一切都感到好奇，都感觉新鲜。我带着她外出，去游乐场玩，吃冰淇淋，打电子游戏，她玩得不亦乐乎，原本对世界的紧张感荡然无存。但有时候她玩累了，睡着了，却会从噩梦中惊醒，浑身发抖。

胡博士对她的研究没有任何进展，她的躯体里似乎有超自然的能量。

暑假结束了，我要上学了，没时间看着她。她就像是一个黏人的宠物，要我带她去上学。

没办法，我只好让胡博士给她办了假的转学证，要她转来我们班上学。

上学的第一天，她美丽的样子便引发了许多男生的追捧，连女生都只是羡慕和赞叹，没有一点儿嫉妒。

她就像是一颗发着熠熠光彩的钻石。

她却总是黏着我，上课下课，都要跟我坐在一块儿，完全不避嫌，吃午饭时也跟着我。我知道这很不好，同学们都在偷偷笑我哩！

老师也问我到底怎么回事，我只好撇清关系，说她脑子不大正常。

她，总是开心爽朗地微笑，甜蜜得像是一个天使。

三

然而，事情有些不对劲儿了。

电视上出现了一些新闻。

近日，世界各地的海平面上，出现了令人震惊的场面，先是一头巨大的鲨鱼凌空而起，飘浮在海面上方，继而许多鲨鱼、海龟、海豚什么的，都从海水中飞到了天上，并且悬停凝定在距离海面一百米的高空。那里有一条黄色的发光带，把它们都包裹在其中，就像是琥珀包裹着昆虫一样。

各国都派出科学考察组前去考察，但那条发光带似乎有黏性，把所有靠近它的生物或者物质，都凝定了。

随着海洋生物大量涌上高空，时而飞来飞去，时而凝定不动，再加上许多生物学家、物理学家、天文学家纷纷陷入那片科学考察的琥珀光带，全世界都极为震惊。

我很是吃惊，又觉得非常怪异，我似乎在某条新闻的画面上，看到了阿晶在海中游泳，怡然自得。

我将阿晶拉过来，指着电视上的镜头问她："这些，都是你搞出来的？"

阿晶居然承认了："是啊，我正慢慢把时间光能释放出来呢，把它们都保护起来！"

我惊道："什么？"

电视画面上，军方正在用子弹和导弹攻击那条琥珀光带，可是无论如何攻击，一旦陷入其中，顿时就会凝定在内。在那个区域，所有速度和力量，都趋近于零。

各国科学家和研究专家，都在侃侃而谈。有的说是外星人入侵，有的说是邪恶科学家的实验，有的说是地球磁极即将翻转，什么说法都有。

我问道："你怎么做到这一点的？你为什么要这么做？"

阿晶说:"我……我也不知道,我想做就能做到啊。这个世界那么好,我不能再让它完蛋,我得将它保护起来。"

我有点愣怔,问:"你怎么保护?"

阿晶说:"当然是用'时间外壳'将它包裹起来,使它不会再受到外界的干扰,所有的一切,都能原封不动地保存呢!你看,就像我在父亲给我的'时间外壳'内,我们那个可怕的世界消亡了,我还能存在,这样不好吗?"

我不知道该说什么,讷讷道:"这个……好是好,但……"但总觉得有什么不对。

我赶快去找胡博士。

胡博士听完我所说的,骇然色变,道:"我早就知道,这是她搞出来的。这是她搞出来的,她怎么能有这么多的能量?她怎么能有这么多的能量?她的那个世界毁灭了,是吗?那她为何埋在这个地球?史前的世界,是怎样的世界?"他忙叫我去请阿晶,再次做身体检测。

阿晶很配合,泰然自若,仿佛这个世界永远不会伤害到她。

我不知道胡博士用了什么方法测定她的细胞和身体内蕴含的能量,总之,一走出实验室,阿晶是笑着的,胡博士却面色苍白,几近虚脱。

我问:"怎么回事?"

胡博士让阿晶先出去玩,却拉我进了办公室。他坐在沙发上,喝了一大口水,长长地吞咽,喘出一股粗气,对我说道:"阿晶,并非来自史前,而是,而是……"

我惊异地问:"那是来自……?"

217

胡博士道："来自前一个宇宙，我们这个宇宙大爆炸之前的宇宙。"

我说："你怎么知道？"

胡博士说："她身上贯穿着一个星球的能量，所以她能够轻而易举地制造'时间晶体'。根据热力学第二定律，作为一个'孤立'的系统，宇宙的熵会随着时间的流逝而增加，由有序向无序。当宇宙的熵达到最大值时，宇宙中的其他有效能量会全数转化为热能，所有物质温度达到热平衡。这种状态称为热寂。这样的宇宙中再也没有任何可以维持运动或是生命的能量存在。她就是经过热寂之后，又重新恢复的前人类。她的那个世界，在宇宙毁灭时已经毁灭，她的父亲造出'时间晶体外壳'，将她保护起来，要她保护一切美好的事物。她之所以这么做，就因为觉得我们这个世界太美好了，她想将它保存起来。"

我说："那会怎么样？"

胡博士瞪大眼睛，说："时间将会消失，世界的所有一切都会停止，先是保持在同一个时间段内，来回往复，振荡不休，比如一年，重复又重复，然后一个月，一个礼拜，甚至是一天，最后是一秒钟、千分之一秒等，相当于所有一切，都会被凝定住了。"

我听得瞠目结舌，难以相信，但我知道，胡博士说得不会错。我问道："她哪来这么大的能量？"

胡博士说："她的能量来自过去消失的宇宙，所有的星体和物质，都成了能量，只不过被时间固定住了，而她能释放时间，借用能量来干扰我们这个世界。"

我说:"照这么说,如果不阻止她的话,整个世界,甚至这个宇宙,都会被她变成时间晶体?"其实不用他回答,我就知道,自己的认定没有错。

胡博士的呼吸深长而缓慢,他疲倦地说道:"我们,必须要阻止她。"

我说:"怎么阻止?把她抓起来吗?"

胡博士说:"这个世界上,恐怕连最新的核武器,都无法损伤她半分毫毛,她可以让一切时间停止。"

我惊道:"那……?"

胡博士说:"所以,只能攻心为上,令她自动放弃这个想法,自动消失。"

我问:"那怎么办?"

胡博士说:"她不是觉得这个世界很美好吗?如果我们能够令她觉得,这个世界很丑恶,很不美好,那她一定不会想再保存这个世界,她甚至会再度沉睡,直到几亿年之后。"

我有些犹豫,有些难过。

我应该怎么做?

四

我立即带上阿晶,去看人间最丑恶最可怕的一面。

我给她播放了杀人放火,给她播放了恐怖分子的恐怖行动,给她播放了核战争带来的灾难。

她一点儿都不介意,笑吟吟地说:"这些灾难,毁坏了人类世界的完美,因此,我一定要将现存的美好保存下来,用时间的外壳,将它们镶嵌。"

没想到适得其反,我差点儿气得四脚朝天。

我再次去问胡博士该怎么做。

胡博士定定地看着我,说道:"你,是第一个发现她的人,她觉得这个世界上所有的美好都是你带给她的,所以她才会有这种想法……所以,你要打破这种美好。简而言之,就是,伤不了她的外壳,就只能伤她的心,只有伤了她的心,她绝望了,她才会离开我们的世界,回到大海里去。"

我明白了,但又不明白具体该怎么做。

胡博士对我说:"把你带给她的美好刺破!"

我在胡博士的指导下,接受了这个任务。

我打扮得邋里邋遢,像个疯子一般在她身边胡闹。

她还是美美地笑。

我用一条恶作剧的假蛇去吓唬她。

她先是怕,继而用真的蛇来吓我。

我带着她去吃最难吃的小吃,吃最辣的辣椒,喝最苦的饮料。

她却开心得不得了。

我实在没有办法了,又去向胡博士请教。

胡博士说:"看来,只有让我大表姐的二姑妈的三叔的女朋友的前男友的侄女阿美出场了!"

阿美?

阿美虽然名字美,实则丑陋无比。

我忍住了恶心,陪着她到处玩耍。

阿晶跟在后面，开始她还在笑，后来天热了，我给阿美买了一百个冰淇淋，却让阿晶渴了一下午。下雨了，我给阿美庞大的身躯打伞，却让阿晶淋成落汤鸡。

我忍着内心的痛，逼迫阿晶不再跟着我，不再喜欢和我玩。

我给她心口上，深深插了一刀。

阿晶看着我和阿美有说有笑，她忽然笑不出来。

阿晶真的走了。她意识到我不再理会她了。这个世界变得昏暗。

她回到那个时间外壳的晶亮的贝壳内，再次安详沉睡。

但这一次，我能看见，她的眼角，有一滴泪。

我想将贝壳珍藏，但胡博士警告我，我不得不再次将她扔进大海。

海面上那些被时间晶体凝定的鲸鱼、鲨鱼、人啊什么的，都纷纷回落，开始以正常速率生活。

世界恢复了正常。

只有一个女孩的心受了伤。

五

当我走向生命尽头时，坐在海边，想起这件事，鼻子总是发酸。

我想起了那个笑容甜甜的天真烂漫的女孩。

一个亮晶晶的发着光的漂流瓶来到我跟前。

我仿佛看到了阿晶出现的那一刻，我立即抓住漂流瓶，里面是一封信。

谢谢你，让我见识了人间的美好。我之所以要保留美好，是因为我不想看到你老了，你死了。而你，是不是早就知道，如果用光我的能量，我也会死去？你大概是不想看到这样的事发生吧？谢谢你。

是阿晶给我的信吗？

不久，我写下了这个故事，放进了时间晶体漂流瓶，让它一直流传。